SURVIVORS 首部曲之 V

狗勇士

絕處逢生

THE ENDLESS LAKE

艾琳・杭特◎著　盧相如◎譯

荒野
PALACE
THEATRE
前往崔奇的森林
猛犬狗幫巢穴
的河

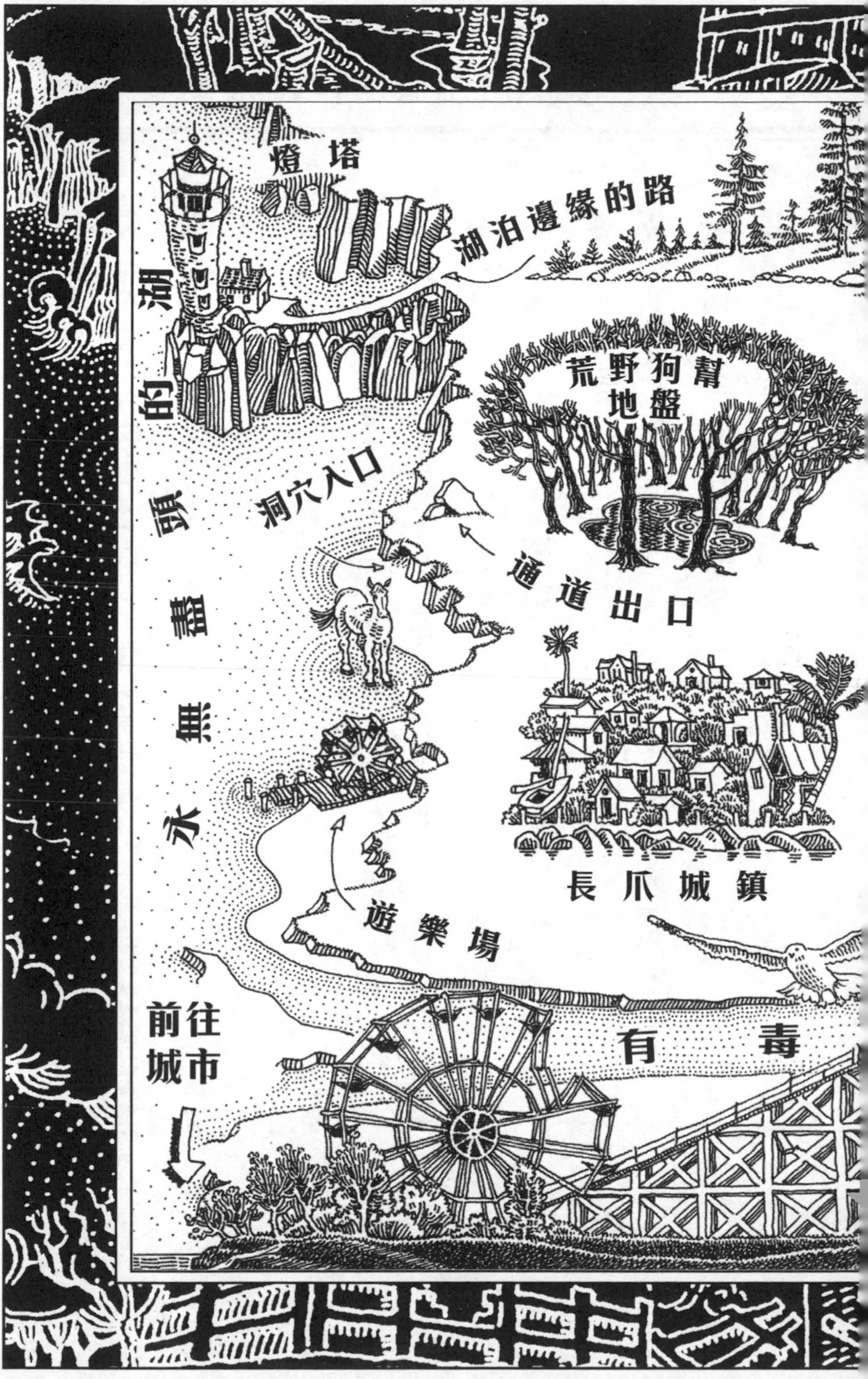
燈塔
湖泊邊緣的路
湖的盡頭
荒野狗幫
地盤
洞穴入口
通道出口
永無
長爪城鎮
遊樂場
前往
城市
有毒

狗勇士 征戰世界名詞解釋

- 風暴之犬（Storm of Dogs），意指暴風雨。世界動盪，自然萬物的征戰。同時也意指閃電與地犬拉鋸對抗的神話傳說。
- 天犬（Sky-dogs），意指天空。狗世界的上帝。
- 地犬（Earth-dogs），意指大地，廣義可指自然萬物。狗世界認為萬物死亡終歸地犬所有。
- 長爪（longpaw），意指人類。
- 陷阱屋（Trap House），意指動物收容所。
- 大咆哮（The Big Growl），意指摧毀城市的大地震。
- 透明石（clear-stone），意指玻璃。
- 快腿犬（Swift-Dog），四肢細長的狗，其奔跑速度快。多指靈猩（格雷伊獵犬）。
- 獨行犬（Lone dog），不隸屬狗幫，獨來獨往，自食其力的狗。
- 狗幫（dog pack），有首領艾爾帕、副首領貝塔等組織的狗群。有其律法、幫規必須遵守。
- 籠車（loudcage），意指汽車。
- 艾爾帕（Alpha），狗幫中的首領，發號施令，負起帶領狗幫責任的老大。
- 太陽犬（Sun-dogs），即太陽。
- 美食屋（Food House），意指人類的餐廳。

狗勇士 征戰世界名詞解釋

- **栓鍊犬**（Leashed Dog），與人類同住，享有人類照料吃住的狗。
- **腐食桶**（spoil-boxes），意指人類的廚餘桶。
- **臭味桶**（smell-box），意指人類的垃圾桶。
- **利爪**（sharpclaw），意指貓咪。
- **猛犬**（Fierce Dogs），皮毛黝黑、體型纖瘦，有堅挺的雙耳與口鼻。多指杜賓犬。
- **長爪皮毛**（longpaw's fur），人類的衣服，外衣。
- **農場犬**（Farm-Work Dog），意指牧羊犬，多指邊境牧羊犬。
- **戰鬥犬**（Fight Dog），訓練有素可攻擊、戰鬥的狗，多指德國牧羊犬。
- **月犬**（Moon-Dog），意指月亮。
- **歐米茄**（Omega），狗幫中地位最低的層級。不得狩獵或守衛，需要聽命於狗幫中的所有狗，沒有獲得艾爾帕允許，甚至不得擅自離開狗幫地盤。
- **狗靈**（dog-spirit），狗兒們引以為傲的精神、思想與原則。
- **巨毛**（Giantfur），意指熊。
- **紅葉季**（Red Leaf），意指綠葉轉紅或轉黃的落葉時節，也就是人類稱之的秋天。
- **冰風季**（Ice Wind），意指萬物都結成冰霜的時節，也就是人稱之的冬天。

狗幫成員

黛西：西高地白㹴和傑克羅素㹴混種。

懷恩：狡猾、投機，扁臉的小黑犬。

歐米茄

陽光：容易懼怕、念舊，有絕佳的視力並且嗅覺敏銳。白色長毛小狗，馬爾濟斯。

幼犬

荊棘：黑白相間的公狗。費瑞和月亮的孩子。

甲蟲：黑色毛髮的母狗。費瑞和月亮的孩子。

恬恬：棕褐色毛髮的母猛犬。

猛犬狗幫 *Fierce Dogs*（部分）

首領艾爾帕

刀鋒：黑色與棕色毛髮相間的母犬，毛髮平滑。耳朵頸間處有尖牙形狀的白色毛髮。

副首領貝塔

麥斯：身形龐大的棕黑色母狗。

獨行犬 *Lone Dogs*

崔奇：棕色毛髮，黑色斑點相間的追蹤犬，有一隻瘸了的腿。

老獵人：幸運在城市裡的朋友。身形壯碩結實的公狗，鬥牛獒。

狗幫成員

荒野狗幫 *Wild Pack*（按階級排列）

首領艾爾帕　體態優雅靈活的灰色狼犬。灰白色毛髮相間，有著一雙黃色瞳孔。善於震懾嚎叫。

副首領貝塔

甜心：動作敏捷，灰色短毛髮。和幸運一起逃離陷阱屋的快腿犬。格雷伊獵犬。

狩獵犬

費瑞：強壯有力，擁有黑色毛髮，質地粗糙的大型犬。

史奈普：棕白色毛髮相間小型母犬。

春天：褐色母獵犬，黑色斑點相間。

幸運：原是一隻獨行犬。金白色毛髮相間，毛髮濃厚。

布魯諾：強悍、勇敢，有著絕佳的戰鬥能力，睡著時會打呼。毛髮濃密，戰鬥犬，德國牧羊犬。

貝拉：金白色毛髮相間，幸運的妹妹，善於鼓勵同伴，有著絕佳的領導能力。

麥基：黑白毛髮相間，農場犬。邊境牧羊犬。

巡邏犬

月亮：黑白相間的母犬，有三隻幼犬。

達特：棕白色毛髮相間，身形瘦小的母追蹤犬。

瑪莎：勇敢並善於游泳，個性溫柔且善良。黑色大狗，紐芬蘭犬。

前言

幼犬們爭先恐後地想要衝到屋外，亞普用他的小腳掌拍打透明石門並發出低吠。長爪在房內穿梭，每天太陽升起後，他會在狗群間走動，發出同樣歡喜的聲音。

亞普的妹妹嘰喳以金黃色的口鼻撞了他一下，他也笑鬧地推了她一把。

「耐心點。」媽媽斥責他倆，「你們不再是小狗狗了。」

亞普立刻退了回來、舔舐胸口後，抬起頭。

太陽之犬躍上天空，耀眼的光芒映照在透明石上。亞普朝太陽眨眨眼，提醒自己現在已經有正式的名字——幸運——儘管他還不太習慣，他必須表現得像隻成犬。他靜靜地望著長爪接近。

我會表現出安靜、耐心的模樣，如同媽媽所說的那般，亞普心想。他努力壓抑自己別像其他手足般又叫又跳。但透明石門一打開，他卻衝得比誰都快。

「看誰快！」嘰喳衝進後院大喊。

緊追在後的亞普卻突然停下腳步。結了冰的地面宛如閃亮的爪子般發出耀眼的白色光芒。腳下的薄冰碎裂開來，他感覺到粗糙的地面異常地冷。

跟在亞普身後的媽媽走上前來，「地面只是結霜，並不危險。」

嘰喳緩緩地在草地上繞了一圈，身後的短尾巴筆直地伸長著。其他幼犬踩上結冰地面後，紛紛睜大眼睛，返回媽媽身邊。

亞普不安地嗅聞草地，「眞是冷得可以。」

媽媽舔了舔他的耳朵安撫著，「雖然冰冷，但卻很安全，你不會受到任何傷害。」

媽媽的話讓亞普覺得好過多了，他提醒自己已經是成犬，不再是容易受到驚嚇的幼犬了。他離開媽媽的懷抱，開始嗅聞結霜的草地。他低下口鼻，草地搔著他的鬍鬚。他驚訝地發現院子裡常有的氣味，全消失在溼冷的空氣裡。草地或苦澀的昆蟲味道底下，絲毫聞不到厚實、深色的泥土。他深吸一口氣，突然一陣興奮感拂過他的毛髮。他聞到結霜的地面下，有動物體溫散發的味道。

不久前，一隻美味的小動物曾經來過這裡。

亞普忍不住搖起尾巴，不過他仍要求自己冷靜。其他手足們忙著在院子裡的門邊追逐、喧鬧。亞普卻無動於衷。有獵物在結霜的地底穿梭，他決定逮住牠，藉此向媽媽證明，他不再是隻小狗狗。但是他需要一些協助。

他愣了一下、低下頭去。媽媽對他的表現會有什麼想法？

噢，森林之犬、獵者的守護神，充滿智慧、動作敏捷又勇敢，請引導我找到結霜地面下的獵物。亞普心滿意足地舔了舔前腿——這段禱告詞聽起來還不錯。希望能讓神靈之犬留下深刻印象。

霎時，空氣中突然飄出動物溫熱的氣味。**森林之犬，應允了我的祈禱**！亞普把握機會循著氣味尋找獵物。他踩踏在發出清脆聲響的草地上，走向庭院盡頭，來到小長爪的木造建築。他不解的是，氣味卻在建築物這裡消失了，亞普拚命嗅聞。

這隻獵物究竟上哪兒去了？

氣味再度出現後，他舔舐著下巴——他十分確定，此刻獵物的距離更加貼近。他撇開手足們的嬉鬧聲，專注在眼前的氣味上。味道似乎從小長爪的建築物底下傳來，亞普嗅聞著木頭。他應該能夠鑽進這個建築物下方，他嘗試用腳爪抓扒，但是結霜的草地卻讓建築物下方的泥土變得堅硬、難以掘開。他壓抑住喉嚨裡不經意發出的低吠。

要成為一個優秀的獵者，你必須要有耐心。媽媽是這麼教導他的。

亞普深吸一口氣，再度嘗試。他十分確定氣味是從木頭底下傳來，一定有辦法挖開這些土壤……他在建築物周圍觀察了一會兒。氣味愈來愈強烈，亞普忍不住興奮地擺動尾巴。他見到建築物旁邊有個洞！獵物肯定挖了通道。

「亞普，你在做什麼？」媽媽站在透明石門邊問他。

「沒什麼，我只要再一點時間！」**我一定要抓到這隻獵物，給媽媽驚喜，她肯定會替我感到驕傲**！他迅速望向媽媽，嘰喳正繞著媽媽打轉、拉扯她的尾巴。這應該暫時能夠轉移媽媽的注意力。**我只需要一點時間抓住這隻獵物……**

他把頭伸進洞口，洞口並不寬敞，不過獵物的氣味愈加強烈，夾雜著甜甜鹹鹹的味道，亞普忍不住淌著口水，將口鼻更加深進洞內、試著把頭塞進去。獵物挖掘的通道似乎直接貫穿木造房子下方，獵物肯定躲在裡面，或許好夢正酣——但地底一點聲響、動靜都沒有，甜中帶鹹的氣味卻愈是強烈。

亞普伸出前爪從頭旁邊開始挖掘。泥土既冰且硬，他費了好一番力氣才將兩隻腿往前伸，方便在洞內活動。此時，兩隻前腿終於能夠在隧道中前進。一絲光線透了進來，亞普判斷得沒錯——洞裡頭的確有條通道穿過長爪建築物的下方。他在結凍的土壤中一陣抓扒，隨著獵物發出的氣味愈是強烈，他愈是深入洞穴挖掘，直到只有後腿還在地面上。

頭頂上方突然一陣無聲，亞普停止挖掘、不敢亂動，但腳爪卻陷入土中。他想要退回地面，可乾硬的泥土瞬間塌陷在他身上，使他陷入一片漆黑。手足們的嬉鬧聲響也隨之消隱。

「救命！」亞普大喊，身體在土堆中陷得更深，幾乎滿嘴是泥土。他嘗試再次呼喊卻被滿嘴的泥土嗆得喘不過氣，再一次瘋狂地吠叫，聲音卻被地犬掩蓋住。

他被困在結凍的土壤中，分不清哪裡是上方，耳朵也在驚慌中發出陣陣耳鳴。他掙扎著抓扒土壤，卻更加深陷土中。當他停下來喘氣時，四周一片漆黑安靜，就連獵物的氣味也消失無蹤。亞普記起嘰喳曾告訴過他，地犬飢餓時會把狗吞下肚，他的心臟不自覺地砰砰跳著。當時他一點都不相信妹妹的說法——**她怎麼知道**？此刻他完全沒把握……他張著嘴喘氣，呼喊著媽媽。他愈是掙扎，情況變得愈是糟糕。空氣變得稀薄，他開始覺得身體變得輕飄飄。

求求祢，地犬，他在心裡默唸，**請放過我**！他把她想成是頭黑色的巨大野獸，體積占據了全世界。奇怪的是，這個念頭似乎止住了他的恐懼，他的呼吸再次變得平順，接著，他聽見聲音。

「沒事了，亞普！我在這裡。」

是媽媽的聲音！她的聲音被成堆的泥土掩蔽，聽起來彷彿是從好一段距離外傳來的。

「你聽得到我嗎？保持冷靜，緩緩地爬回我身邊。」

亞普卻只能發出窒息般的嗚咽聲。

「我就在這裡，亞普，在你身邊。」

他小心翼翼地將重心放在右前腿上。身邊的土壤不斷滑動，卻不再下陷。亞普再試著左前腿用力，後腿向身體靠近。他緩緩地一步步移動，朝著媽媽的聲音前進。

「很好，亞普，只差一點點了。」

媽媽的聲音現在聽起來近多了，亞普忍住跳上前的衝動，朝聲音的方向移動一小步，接著再一步，才挺直了身體。過了一會兒，他的口鼻鑽出了土壤，他用力地吸了一大口氣。

手足們跟著發出歡呼，媽媽走到洞口邊，咬著亞普的脖子用力將他拉出土堆後，放在她的身邊。

小狗們衝向亞普，對他又舔又咬。

「我的笨哥哥！」嘰喳蹭著他說，「我還以爲永遠見不到你了。」

「讓他喘口氣！」媽媽大聲斥責，其他孩子紛紛退後，讓她清除亞普臉上的泥土。她將臉龐湊向亞普，「別再做傻事了！」她吼道，接著聲音轉爲柔和，「我不能承受失去你的痛苦，孩子。」

亞普闔上眼，感覺如釋重負。

「我好害怕。」他小聲地對媽媽說，「我以爲地犬會把我吞掉，我將永遠不見天日。我試著掙扎、抵抗，卻只是讓情況變得更糟，等到我停止掙扎後，恐懼就消失不見了。」

他睜開眼。

媽媽慈愛地望著他，「你不必抵抗地犬，等我們死後，她自然會帶我們離開。」媽媽提醒亞普，「直到那一刻來臨前，地犬都會保護我們、帶給我們力量。她日夜看顧著我們，在你需要她的時候，她便會伸出援手。」這些話語在亞普內心不斷地打轉，身邊的手足們則忙著舔去他身上的泥土。

在你需要她的時候，她便會伸出援手……

第一章

萬里無雲的夜裡，幸運抖著身體醒來。狗兒們聚在河岸邊的矮樹叢底下。彼此的體溫不足以抵擋刺骨寒風。風拂過水面，吹過幸運身上的金黃色毛髮。

他環顧四周，看見貝拉的頭枕在瑪莎龐大的黑色身軀上，而恬恬——不，她現在是雷霆——蜷縮在瑪莎這隻善於涉水的大狗腳邊。**噢，雷霆，你為什麼要喚作這個名字**？幸運的胃一陣翻攪。他無法擺脫這個名字帶來的惡兆。在不斷糾纏著幸運的噩夢中，這隻小猛犬是否也扮演著其中一個角色？

風暴之犬？

他依舊不瞭解夢境的意義，或是何時發生……但夢境卻再真實不過。他清楚感覺到，在激烈的打鬥中，彼此銳利的尖牙相互啃咬，他的尾巴垂在身後。此時雷霆看上去一臉平靜，把頭枕在棕色的前腳上、雙耳緊貼腦後。但幸運實在無法從心中抹去那個畫面……雷霆殘忍地攻擊著崔奇狗幫的瘋狂領袖——無懼。

崔奇側躺著，裸露出殘肢。月亮仰躺著，倚著幸運的身體，她的腳掌掩住雙眼，這隻農場犬抖顫的嘴唇露出其中一顆尖牙，她輕聲嗚咽，「費瑞，我在這裡……我在這裡……」

她肯定是夢見了她的伴侶，或許這隻偉大的狩獵犬在她的夢裡逃過一劫。如果當時他們能夠及時返回荒野狗幫，或許就不會有事。費瑞的病痛與死亡一直令幸運感到罪惡，他忍不住回想狗花園裡，在巨型籠車上搭建陷阱屋的長爪們，身穿著黃色毛皮、臉龐蒙上一層黑。救援小隊的狗兒們發現費瑞跟其他動物，像是狐狸、兔子、土狼……等，甚至還有一隻薑黃色毛皮的利爪被關在籠車裡，每隻動物都染了病。

狗兒們釋放所有遭到囚禁的動物，帶著費瑞一塊逃進森林，卻不幸遇上了無懼的狗幫。

幸運渾身發顫，費瑞一直以來都是勇敢的鬥士，但是籠車陷阱屋使他變得如幼犬般虛弱，一點反擊的力量都沒有。幸運回想起曾經強壯無敵的費瑞，最終身形枯槁，不禁眼眶泛淚、輕聲嗚咽。

他身上的味道難聞極了……流出的血也有怪味道，就跟被污染的河水般發出惡臭。

待救援小組趕到費瑞身邊，一切都已經太遲了，可憐的費瑞……

那晚狗兒們準備入眠時，在月亮身邊圍成一圈，像是在守候著、安慰著失去伴侶的她，並一起對抗冷冽寒風的侵襲。幸運小心翼翼地起身，以免驚擾月亮，他跨過崔奇的尾巴，鑽出矮樹叢。綠葉上結了一層霜，在月光的映照下閃閃發光。在刺骨寒風的侵襲下，就連幸運身上的毛髮也變得僵硬。

他來到矮樹叢外圍，俯瞰茂密的田野、層疊起伏的山巒與山谷。他轉身走向河邊，腳踩在河岸邊結凍的草地，嘎吱作響。尚未結冰的河水刺痛著他的舌頭，所以他只喝了少量的水。

幸運從夜晚的冷空氣中嗅聞到鹹味，狗群沿著河水順流而下時，這股味道愈來愈強烈，但是他卻聞不出味道來自何方。幸運低下頭、聞到了艾爾帕、甜心及狗幫其他成員的氣味，他很肯定他們曾經過這邊，應該就在前方不遠處……最多一天的距離。幸運一想到甜心寧可跟著狼犬離開，也不願前去營救遭長爪囚禁的費瑞，不免感到心痛。但幸運仍很感激，甜心如同她所保證的，仔細地沿途留下氣味。

月亮跟救援小組其他成員返回狗幫後，想必會快樂些，但幸運自從與無懼跟他的狗幫結束一場大戰後，不免鬱鬱寡歡——就連勇敢、強壯的費瑞都這麼輕易倒下的話……他忍不住低頭。無懼那個發狂的狗幫仍在某處，猛犬狗幫的威脅也尚未解除。他跟其他狗返回荒野狗幫會比較安全。

寒冷的氣候也讓人擔憂，楓紅時節退去，冰風季來臨。他曾度過冰風季，不過那是在大城市裡，長爪的高聳建築阻擋了強勁的冷風。如今身在這片曠野中，刺骨的寒風讓幸運冷到了骨子裡。媽媽曾在他幼年時告訴他，冰雪不會帶來任何傷害，但就算待在城市裡，情況也不見得安全。

幸運還記得獨行犬雪貂牙，曾在美食屋外搖尾乞憐，他獨自在寒風刺骨的夜裡、蜷縮在公園中，便再也沒有醒來。幸運並未親眼瞧見他的模樣，不過聽說這隻老狗跟冰霜一樣，凍得又冰又僵硬。儘管媽媽一向都很有智慧，但幸運得承認她並非無所不知……

幸運像甩開毛髮上的雨水般，搖頭甩掉傷心的回憶。他環顧四周，發現他們仍待在無懼狗幫的領地裡。他站在河岸邊，在風中聞到這群狗的淡淡氣味，回頭望向熟睡中的狗群，不得不佩服身處其中的那隻長耳犬。崔奇離開艾爾帕的狗幫後，不幸失去了一條腿，卻為了求生而選擇加入另一個狗幫。儘管帶頭的無懼脾氣向來陰晴不定，瘸腿犬仍想辦法存活下來。

無懼的狗幫欠缺秩序與紀律，他們將如何面對群龍無首的窘境？幸運希望他們能夠因此更團結緊密、舉止溫和，不再繼續對其他狗幫宣戰。

幸運搖著頭、坐在結霜的草地上。

崔奇現在將何去何從？他既勇敢又有決心，協助救援小隊找到費瑞，最後還打敗了無懼。他理應得到充分的休息與安慰。**他應該留在荒野狗幫，跟他的妹妹春天一起待在這裡將安全無虞**。

幸運用後腿抓耳朵，艾爾帕絕對不會接納崔奇返回荒野狗幫，他在他身上烙下叛徒的記號，還警告他再也不許歸隊。但是崔奇也無法回歸在他的協助下慘遭殺害的狗幫。或許，就像幸運當初在森林中撞見他踽踽獨行那般，他注定成爲一隻獨行犬。

大咆哮發生前，我自己也是隻不折不扣的獨行犬，幸運心想，覺得往事不堪回首。

他踱步回河邊，月亮之犬高掛天空、露出渾圓的模樣。月影投射在寂靜的河水上。遠處的河岸露出泛著魚肚白的黎明。

幸運嘆口氣，返回熟睡中的狗群身邊，輕輕舔舐著每隻狗的鼻子並輕聲呼喊，「該起床了。」

雷霆眨眨眼睛、抬頭打了個哈欠，露出尖銳白牙，「天還沒亮耶……」

「荒野狗幫肯定天一亮就動身了，我們現在出發才有機會趕上他們。」雷霆起身、不再抗議，崔奇跟著伸展四肢，撐著三條腿起身。

貝拉忍不住打了個寒顫，「眞冷。」

幸運點點頭。

「試著動動腿。像這樣。」月亮開始甩動四肢，甩開身上凍結的冰霜。貝拉模仿她的動作，用力甩動毛髮，幸運跟著加入。月亮大半輩子都生活在荒野，自有辦法對抗寒冷。

雷霆也想跟著其他狗兒的動作，前腳卻打了結，一時失去重心跌倒。月亮用鼻子蹭她、舔舔幼犬的耳朵，對她重複一遍動作，「如果會頭暈，就別動得太快，只要前後輕輕地動一動就行。瑪莎，你也動動身體、甩掉身上的冰霜吧。」

幸運望著雷霆再度嘗試，這次成功許多，月亮試著幫助其他狗幫成員、舔去他們毛髮上的冰霜、鼓勵他們動動身體，他很感動。**可憐的月亮，幸好她找到方法，幫助她度過失去伴侶的哀慟。**

「我現在覺得好多了。」貝拉說完舔舔腳掌，跟著月亮走向河岸邊。狗群們紛紛喝起冰冷的河水。瑪莎的黑色大腳往河裡一踩，竟然撲通一聲跳進河裡，沿著河岸邊游著，她滑動四肢，宛如巨型籠車。

貝拉伸長脖子，「鹹味似乎愈來愈濃烈。」

崔奇嗅聞空氣，「你覺得這是什麼味道？」

「我也不是很清楚……」貝拉闔上眼思索了一會兒，「不過味道很熟悉，有點像是從前身為栓鍊犬時吃過的食物。」

崔奇並不認同貝拉的說法，「這味道聞上去不像是食物。」

「我倒覺得是獵物。」雷霆說，「鹹鹹的味道……聞起來像血。」

幸運見到幼犬將舌頭從小尖牙間吐出時，內心感到惶惶不安。他迅速轉移話題，轉而詢問瑪莎的意見，「你在大咆哮之前，曾經身為栓鍊犬，對這個味道你有什麼看法？」

瑪莎頓了頓、望向漆黑的河水，「我不知道，但我同意貝拉的看法，這味道聞起來的確很熟悉。」

幸運聽見低沉的隆隆聲響，不禁豎起耳朵，聲音是從雷霆的肚子傳來。她低頭、一臉愧疚地望著幸運，「我克制不住。」

「我知道你肚子餓了，我們很快就能找到吃的。」幸運環顧四周，天氣變冷後就愈難找到獵物。他們昨天獵到了兩隻小兔子，但食物分配完後根本支撐不了太久，「在跟荒野狗幫會合前，我們必須找到吃的。」

雷霆鬆了口氣、點點頭。

狗群開始沿著河岸前進，嗅聞結冰的地面，尋找獵物的蹤跡。

幸運試著保持肅靜地緩緩移動，但是腳踩在結霜草地上不時發出咯吱聲。冷風掠過水面，帶來的鹹味遮蓋住其他氣味。幸運嘆口氣，**這樣下去根本找不到任何獵物**。

「你們瞧瞧水裡！」瑪莎的低沉嗓音打斷幸運的思緒，他轉身見到河裡躍出一隻動物，轉了一圈後消失無蹤。

「是魚嗎？」雷霆輕聲問。

幸運搖頭，他看見的動物身上有毛髮。

狗群全都驚訝地望著這隻動物在波光粼粼的水裡翻滾。太陽之犬的光芒映照在動物的毛皮上，牠仰頭打哈欠時，身上的毛髮閃著光芒。

貝拉一臉正經地打破沉默，「這是河兔，我聽過牠們。」

幸運朝妹妹抬起頭，不確定自己聽說過這種動物。兔子不都住在地洞裡，他沒聽說過會游泳的兔子。他正打算開口時，動物突然探出頭來。牠的圓臉和短下巴更接近利爪的模樣，而不是兔子，牠還有一對小耳朵。牠的身體長長的且肌肉結實，牠忙著在河裡戲水時，幸運瞥見牠有條長長的尖尾巴。他見到動物仰躺在河面上、腳爪伸向半空中，輕鬆自在地順著水流而下。

「我們必須待在下風處、保持安靜。」月亮警告狗群，她沿著河岸行走，瑪莎與幸運緊跟在後。崔奇、貝拉跟雷霆則保持不動。獵捕動物的過程常是繞著獵物打轉，其中幾隻狗負責引出獵物，前面的同伴則阻擋獵物的去路。幸運不知道這些技巧如何應用在水裡游的動物，但是他們又有什麼辦法可想？河水對狗兒來說太過冰冷，甚至連瑪莎都難以忍受。他們沒有誰能夠游得過這隻動物唯一的希望是等到獵物來到陸地，但是誰能阻止獵物往遠處的岸邊接近，屆時一樣難以獵捕。

月亮、瑪莎跟幸運躲在河岸邊的草叢後。他們靜靜地觀察眼前這一幕，舔著下巴、望著這隻河兔在清晨的第一道陽光下戲水。這隻動物在水面上翻過肚皮、游近河岸。幸運驚訝發現，這隻獵物靠近的地點十分接近狗兒們的埋伏處，只見瑪莎的黑色身影突出草叢上方。瑪莎與月亮交換眼神，看著獵物不費吹灰之力地踏上結霜草地、抖落渾身的水珠。只見瑪莎往前一撲，將全身重量撲向獵物，獵物拚命掙扎、發出劇烈的尖銳叫聲。霎時，獵物掙脫了瑪莎的壓制，沿著河岸奔逃，瑪莎、月亮與幸運則緊追在後。幸運判斷得沒錯——這隻動物來到陸地的動作，果然不如狗兒敏捷。獵物拚命用牠的短腿衝向河水，牠應該知道這是牠僅存的希望。幸運衝向前擋住牠的去路，獵物發出尖銳叫聲、轉身逃竄，這時瑪莎往牠身上一撲，用她巨大的腳掌制服獵物，用下顎扣住獵物的長脖子。

狗兒們沿著雜亂的刺藤伸展四肢，各自舔淨爪子上的肉末。

「河兔眞是美味。」雷霆打了個哈欠。

「比起一般兔肉更肥美多汁。」貝拉附和，「我已經想到下一餐了。」

呃，千萬別這麼想，幸運心想。他們能夠抓到這隻河兔是因爲運氣好，這附近連隻兔子的影子都沒有，更別提老鼠……**希望荒野狗幫前往的地方會有更多獵物**。至少，此刻飽餐一頓的大家感到很滿足。他望著瑪莎靠近河岸，向河水之犬默念著感謝之意。

「感謝慷慨、仁慈的神靈之犬，賜予我們豐盛的一餐。」她帶著崇敬之意垂下頭。

等她唸完禱告詞，幸運才站起身。太陽之犬越過水面、緩緩升上天空。「我們該動身了，艾爾帕跟其他夥伴此刻應該已經動身離開了。」天知道這隻狼犬為了逃避刀鋒所率領的狗幫，會逃到多遠的地方？

瑪莎此時從河邊返回，「我知道我們得遠離猛犬狗幫的狗，但這不該是我們離開的唯一理由。我們要到哪裡去？朝什麼方向去？」

幸運沒有答案，他只得沿著河岸前進，其他同伴緊跟在後。

貝拉此時開口說：「我們要前往一個安全無虞的地方、一個安靜且和平的所在，那裡有許多肥美的兔子和乾淨的飲水。」

雷霆跟著大家邊跳邊前進，「艾爾帕會找到這樣的地方嗎？」

「希望如此。」幸運回答，儘管他內心知道這樣的地點並不好找。他望著雷霆，眼前所見的是一隻體型壯碩、玩心還很重的幼犬。他突然湧現保護弱小的心情。他寧可長途跋涉只為避開她的同類——確保對方不會來找她，再度用強硬手段奪走她。

他們越過幾株矮樹叢，鬚狀的荊棘抓搔著他們的毛髮。幸運甩動身體、皺鼻並發出低吠。那是什麼味道？他聳著背脊高聳、僵著尾巴。

「這是狗兒的氣味！」

貝拉跟月亮豎起耳朵、環顧四周、提高警覺。幸運再次嗅聞，確定不是猛犬狗幫的氣味。寒冷的空氣中並未聞出對方帶有任何憤怒，或攻擊意味。

崔奇上前，朝向刺藤一陣叫嚷，「小波，是你嗎？」

幸運聽見矮樹叢發出沙沙聲響，看見一隻毛髮堅硬的黑狗鑽出矮樹叢底下。另外六隻狗則戒慎恐懼地跟著走出、抖落身上的樹葉。

是無懼的狗幫！幸運走近崔奇，貝拉則站在崔奇另一側保護他。幸運清楚地聞到瑪莎、月亮跟雷霆的味道從後方傳來。

但是崔奇看起來一點都不需要保護。黑狗一躍上前，將前腿壓在地、搖擺著尾巴、臣服地低頭。他的狗幫儘管模樣不安，卻帶著善意地跟著他的動作。崔奇走向從前的狗幫同伴，用鼻子輕觸著他們、蓬鬆的尾巴在空中搖擺著。

風聲呼嘯地掠過水面，那隻喚作小波的狗開始搖擺著頭，幸運望著這隻動作俐落、顯得不安的狗，終於認出他來——他曾經隔著一段距離，見到他遭受無懼的欺凌。

對方的狗幫成員們看起來一副營養不良且帶著恐懼。他們在無懼的領導下，曾經十分殘暴不堪。**他們肯定是被逼著這麼做**，幸運心想。他偷偷瞄了雷霆一眼，記起自己在那個將死的領袖身旁看見她的身影。她究竟是出於慈悲之心，或是殘暴的天性而殺害他？幸運試著拋開這些想法。

崔奇轉身面對荒野狗幫成員，「這是小波，稱得上是無懼的貝塔。」

「無懼身邊不需要貝塔這樣的存在。」小波低頭、謙卑地喃喃說著，接著轉身望向崔奇。「我們跟蹤你的原因是……」他望向在場其他同伴，「我們認為你應該留在這裡。」

幸運望著崔奇，只見長耳犬若有所思地抬頭。

「你應該跟我們一起。」一隻骨瘦如柴、趴伏在地的灰狗說。

聽見突地一聲低聲咆哮，讓幸運倍感驚訝，因為崔奇的前任狗幫同伴見到雷霆湊到貝拉與幸運之間時，立刻紛紛退後。雷霆略為岔開前腿，使得身形看來更加龐大。她將頭垂到肩膀的高度，咧嘴露出尖牙。

「你們別想傷害我跟我的同伴！」她厲聲咆哮，「也別想要帶走崔奇！我不允許你們這麼做！」

驚訝的小波，尾巴夾在兩腿間地往後退。雷霆像是因此受到鼓舞地步上前去，憤怒地提高音量，「我最痛恨替其他同伴做決定的狗！崔奇想要留在這裡，你們別來煩他！」

她以為小波跟刀鋒一樣，想要強迫崔奇跟他們一起走，幸運心一沉，認爲雷霆不該將狗兒區分爲好與壞，或友善與敵對。我們不能總是如此簡單地將事情兩極化。小波只是希望崔奇可以跟他們一起，並未強迫他這麼做。幸運望向崔奇過去的同伴，那一張張瘦削、焦慮的臉龐，如今可憐悽慘的他們，過去在無懼的麾下卻曾表現得殘暴不堪，輕易挑釁他們並非明智之舉。

小波不安地舔舐下顎、耳朵平貼在頭的兩側。

幸運繃緊神經，準備好保護雷霆，以防瘋狗幫的成員朝她撲來。

但是崔奇卻走到雷霆跟小黑狗之間，他望向小猛犬，快速地搖尾巴，看樣子是爲了緩和緊張的氣氛。「謝謝你，雷霆。我很高興見到你想要保護我，但小波說的沒錯。」

雷霆看了崔奇一眼，她的身體跟著放鬆、坐在草地上，卻沒有開口說話。

崔奇轉身回望幸運跟貝拉，目光卻不忘掃過雷霆、瑪莎跟月亮。「我很抱歉，我並不想要拋下你們。但這件事讓我思考了很久，這群狗……」他轉身望向他的狗幫同伴，他們帶著希望、搖著尾巴。「現在是我的狗幫，就像小波所說：我應該跟他們一起。」

第二章

月亮衝到崔奇身邊，風拂過她身上的長毛，露出皮膚底層的白毛，長毛遮住她的臉龐。「你確定要跟他們一起走？」她以口鼻蹭了蹭他問。「你只跟隨這個狗幫幾個月亮之犬的週期。你才應該屬於我們這個狗幫。」

「過去的確如此。」崔奇附和，「但自從我傷了其中一隻腿後，我實在沒辦法忍受，每隻狗都用憐憫的眼光看我。反正你也知道艾爾帕見到我想重返狗幫時的態度，他絕對不會同意我回去荒野狗幫。」

月亮一臉沮喪，「請你不要離開……春天要是知道的話，肯定會非常失望的。」

崔奇猶豫了一會兒，聽見月亮提起妹妹似乎讓他有點動搖。「我不知道。」他輕聲說，「我們小時候很親近，之後卻各奔東西……」

幸運覺得月亮利用春天來說服崔奇留下，未免過於殘忍，但想起她最近經歷的事卻也能夠諒解。**我也是不久前才成為荒野狗幫的成員，貝拉、瑪莎與雷霆也是一樣。不能責怪月亮會希望老朋友能夠陪在身邊，直到我們與其他成員會合。但這對崔奇並不公平——若要他選擇跟我們一起，意味著他必須冒著生命危險。**

幸運低下頭去。「我認爲你應該跟隨你所選擇的狗幫，崔奇。」月亮的耳朵朝後方豎起，臉上掠過遭受背叛的表情，但幸運繼續說。「就算艾爾帕接納你，你在荒野狗幫的日子也不會好過。我不認爲你應該冒險返回荒野狗幫——尤其現在有個狗幫需要你的帶領。」

黑白毛髮的農場犬並不打算就此放棄。「我們可以去找艾爾帕談！說服他讓崔奇留下。」

貝拉面有難色地皺著臉。「過去，找他談事情有過好下場嗎？」

幸運的妹妹說得沒錯——艾爾帕很會記仇，幸運還記得自己差點被狼犬在身上烙下齒痕的事，背脊上的短粗毛就是證據。

崔奇嘆氣，「幸運說得對，我很了解艾爾帕的脾氣……當我決定去尋找你的下落時，他的態度極不友善，很難說服他改變想法。」他走向小波，「我的選擇再清楚不過，我要選擇跟我的新狗幫在一起。」

「至少，讓我們去找艾爾帕談。」月亮不願放棄。

「這不只關係到艾爾帕，而是我覺得自己留在這裡有所助益。如果我跟你們一起走，只會成為你們的負擔。河兔的滋味雖然鮮美，卻只是運氣好而已。你們這一路上可以少張嘴，跟你們分享極度匱乏的食物。」

月亮一臉疑惑，卻也明白崔奇這番話的用意，她趴伏在草地上，「我們會想念你的，崔奇。」

崔奇俯身向前、舔了舔月亮的鼻子，「我也會想念你們的。」

幸運注意到貝拉瞪了小波一眼。小黑犬聽到崔奇選擇留下後，顯得平靜不少。他緩緩搖著尾巴，狗幫其他同伴則跟退後著。

貝拉往前走到崔奇身邊。「我不認為你跟我們一起走，是明智的決定，但這並不意味著你得留在這裡。幾天前，這群狗甚至與我們為敵。」

小波低下頭，「無懼強迫我們跟所有遇見的狗為敵。現在他已經死了，我們終於有機會可以成為一個真正的狗幫，而非只是一群烏合之衆。」

在場其他同伴聽完這番話後紛紛表示贊同，小波轉身面對他們，彷彿在他繼續往下說之前，必須得到他們的附議，「要成為一個眞正的狗幫，我們需要一個領袖，我們一致通過……並且推崇崔奇成爲我們的艾爾帕。」

瑪莎與貝拉交換眼神。

崔奇似乎跟他們一樣驚訝，「我不是艾爾帕的料，對吧？」

「況且他只有三條腿。」雷霆放大音量說，幸運縮了一下，他心裡也想著同樣的事，但是把這件事大聲說不出來一點都不明智。

小波戒愼恐懼地望著小猛犬，「沒人規定艾爾帕應該要有特定形象，崔奇不僅是隻獵犬，也是一名鬥士。他比我們其他人更勇於反抗無懼，他機智、明白生存的方法。」狗幫其他同伴紛紛表示贊同。

崔奇開心地擺動著尾巴並甩頭，他豎起長耳朵、嘴角一側露出舌頭。幸運從沒見過崔奇如此興奮的模樣。

「你怎麼決定呢？」小波繼續問。

崔奇害羞地垂下頭，「如果你們眞這麼認爲……」

月亮倏地站起，「等等！事情不該如此倉促決定，艾爾帕的地位並不是交由狗幫遴選的！」

崔奇、小波與在場狗群紛紛望向月亮。

「但我們只想要崔奇！」一身蓬亂毛髮的紅棕色小型雜種狗急忙說道。

月亮低頭盯著她。「這一點都無補於事，艾爾帕的地位必須光榮獲得，這是荒野狗幫的方式。」

小波不安地踱步。「如果眞是這樣的話……」他深吸一口氣、抬頭挺胸道，「荒野狗幫的崔奇，我在此向你下戰帖！」

崔奇的尾巴停止搖擺、直挺挺地站著。幸運渾身緊繃——崔奇眞的會接受這隻狗的挑戰嗎？他站起身、望著崔奇，齜牙咧嘴。

雷霆驚訝不已地轉身望向幸運。「這根本說不通呀。他們之間沒有爭奪艾爾帕位置的爭執！」

幸運也不知該作何反應。此時，崔奇與小波彼此面對面，在場其他狗群則讓出空間，讓他倆緩緩繞行。

雷霆激動地抓住幸運的腿問，「你確定要讓他們這麼做？他們只是為了打鬥而打鬥！我認為這應該是最後的手段！」

幸運蹙眉，「雷霆說得對。崔奇，這樣眞的瘋狂。」

長耳犬對此不作任何反應，兩眼直盯著小波，他倆面對面怔住不動。在場衆狗陷入沉默，崔奇放低背脊、準備發動攻擊。

在沒有絲毫警告下，小波突然倒下、仰躺在地、四肢在空中舞動。

崔奇撲向小波的瞬間就明白對方仰躺在地的意思，於是舉起一隻前腿，放在小波的肚腹上。「我接受你向我臣服。」他往後一退、舔舐自己的前腿。

小波則攀在他的腳上。「謝謝你，艾爾帕。」

瑪莎隔著一段距離觀看這一切，她步上前、搖擺著尾巴。「幹得好，崔奇。」聽完這番話，在場狗群紛紛撲向崔奇、伏首稱臣，嘴裡也不忘恭喜。

幸運在原地怔了一會兒，他很高興見到沒有任何打鬥場面，他甩了甩尾巴，這場鬥爭讓他困惑，他一直以爲艾爾帕的角逐戰肯定十分暴力。他實在很難想像，荒野狗幫的艾爾帕會在毫無爭鬥的情況下，放棄爭取領袖的位置。

望著小波與其他狗簇擁在崔奇身邊，開心地加入他的新狗幫的畫面，幸運暗自決定不再擔心這個狗幫的安危。這整個儀式或許毫無道理可言，但崔奇領導的新狗幫卻興奮不已，紛紛蹭著他的身體，朝他一陣吠叫。

幸運上前加入他們，「祝你好運，崔奇。」

長耳犬點點頭，「你也是，請轉告春天我很抱歉。希望哪天能有機會再跟她重逢。」

幸運用鼻子輕觸崔奇的鼻子。「肯定會的。」他喃喃說道。

月亮選在最後向他道別。「你是隻忠誠且精力充沛的狗兒，崔奇，你肯定能成爲優秀的領袖，願神靈之犬永遠庇祐你。」她轉過身，低著尾巴垂走向河岸。其他荒野狗幫成員加入她，嗅聞著狗幫其他成員的下落。幸運跟在隊伍最後方，一起逐漸遠離刺藤，卻依舊能夠聽見崔奇的狗幫傳來的歡呼聲。

幸運甩開腳底的泥巴，沿著河岸前進。他來到隊伍正前方，朝帶有鹹味的空氣嗅聞荒野狗幫的下落。他皺著鼻子。**空氣裡的味道為何聞起來如此怪異？**

而且味道愈來愈強烈……

幸運向後張望，見到貝拉與月亮緊跟在他身後、走在瑪莎與雷霆前方。太陽之犬升上湖面時，狗群仍安靜地走著。**費瑞向來負責帶領狩獵犬小隊，如今我們群龍無首，現在就連崔奇也離我們而去……**他垂著尾巴、低頭走路。他明白崔奇留在無懼的舊狗幫是對的，卻仍不免覺得自己遭到遺棄。他望向遠處參差不齊的雜草與山谷。世界似乎顯得遼闊且危險。

河水不像狗群這般緩步前進，而是愈加湍急，並在水中形成許多漩渦。幸運看見一片葉子落到河面上，被白色泡沫狀漩渦捲進水裡，最後消失無蹤，他不禁抖顫。

因為分心望著樹葉，幸運被一顆石頭絆倒。他發出驚呼、檢視前腿。傷口並不疼，不過他歪頭望著趾縫與腳掌間黏著的許多細小、黃白相間的小石子。他抬頭發現地面變得不一樣，踩起來感覺堅硬許多，岩石與植物間竟到處散落著碎石。

貝拉走近他，「這是沙地。」

幸運啃噬著小石子，像是嚼上癮般。「是啊……河岸邊不常見到這類碎石，是吧？」

貝拉把地面抓扒出一道淺溝。「我也不清楚；我的主人從前帶我去狗公園時，我常在飼育栓鍊犬的地方見到。這地方怎會出現類似的東西……」

幸運皺皺鼻子，「而且味道裡有鹹味。」味道像是伴隨著刺骨寒風從水面吹拂過來。

狗群繼續沿著河岸前進，看見的山峰與谷地卻愈是模糊。大地不再覆上一層厚厚的綠色外衣。黃褐色的土地上冒出細長枯黃的雜草。幸運只見到遠方幾株矮樹叢。

他抬頭看見天空捲起一大團灰色雲層。

「怎麼沒看到鳥兒？」瑪莎問。

幸運皺眉。這隻深諳水性的狗沒說錯；頭頂這片天靜悄悄地。他不喜歡這樣……少了鳥兒的啁啾聲，不禁感到汗毛直豎。

「月亮，你從小生活在野地裡。是否曾到過這樣的地方？」貝拉問。

農場犬甩動著一頭柔順的毛髮回答，「我從沒到過這樣的地方。」

突然出現的馬嘶聲，讓大家都嚇了一跳，幸運豎起耳朵、轉過身去。

雷霆聳著背脊、雙眼突出、露出牙齒。「那是什麼聲音？」她拉高嗓門問。

沒有任何一隻狗回答得出來，他們蹲伏在地、準備往前衝。

瑪莎的黑色雙瞳閃閃發光，「聽起來不像是在生氣……」

幸運蹲低身子，他微微感覺到硬腳蹄踩踏在地上的震顫聲，「不論究竟是何方神聖，都正在朝我們接近中。」

一個身形龐大的棕色動物，踩著崎嶇路面上的草，向他們急奔而來。牠的身高比瑪莎還高，四肢細瘦、身體結實、臉龐細窄。牠身上的毛髮短而光滑，脖子和尾巴的毛髮則是濃密而長，在帶著鹹味的空氣中甩動。當牠停在河岸邊時，耳朵不時前後扭動，鼻孔則冒著熱氣。儘管寒風刺骨，汗水卻從這隻動物的身體兩側流下。牠低下頭去喝水。

這隻動物的毛髮散發濃烈辛辣的氣味，幸運的胃一陣翻攪。

「這味道聞起來讓人飢腸轆轆。」貝拉彷彿看穿幸運的心思。

雷霆點點頭、吐出舌頭，「說不定我們可以活逮牠。」

不可能！幸運心想。**牠肯定可以輕易逃過我們的追捕**。

月亮一臉狐疑，「牠看起來像隻巨型的鹿，森林裡的鹿向來很難獵捕。瞧瞧牠的體型——我們絕對不可能活逮的。」

瑪莎舔舔下巴，「我們怎能放過這樣的野味，牠不像是吃肉的動物……身上聞起來有青草味。像兔子那般，但味道更加濃烈。就連耳朵也跟兔子有些相似，我敢說牠的味道肯定很可口！」

幸運的目光移向動物細瘦的四肢，「牠的味道聞起來的確美味……不過看牠的樣子應該很強壯，我敢說牠的腿一定很有力氣。」狗兒們紛紛望向這隻動物結實的大腿與強而有力的四肢，還有像是石頭般粗短的圓蹄。

「我們絕對可以的。」雷霆繼續慫恿，「我們的腳程很快，而且合作無間。」

瑪莎舔舔幼犬、安撫她的情緒，「幸運說得對：牠的腳蹄看起來不好對付。你們看到牠奔過山谷的速度沒？那速度無誰能及。」

雷霆嗤之以鼻，卻沒繼續說說。這隻怪異的動物喝完水後，用牠有力的牙齒嚼著一嘴枯黃的草葉。牠那像兔子般的耳朵不斷地抽動。棕色大眼望著狗群，卻只是發出一聲嘶聲後，便順流而下。牠的腳蹄踢起碎石、掀起一陣沙塵遮蔽了牠的四肢。不久，牠便繞到小山丘後方，消失無蹤。

「我們快去追捕牠！」雷霆大聲咆哮後，沿著河岸往前衝。

「等等！」貝拉大喊，「瑪莎說得沒錯：我們絕對追不上牠的。」

雷霆完全不理會貝拉，跟著消失在小山後方。

「雷霆！」幸運跟著衝上前、大聲喊叫。他身上的毛髮沿著背脊豎起，嘴唇忿怒地扭曲著。**這隻幼犬難道就不能聽勸嗎？每回都想要率先衝出去？應該好好給她一番教訓！等我抓到她……**

幸運繞過小山、停住腳步。雷霆則站在前方不遠處，渾身僵硬地抬著頭。體型龐大的動物如今只成爲地平線上的一個小點。幸運瞠目結舌地望著遠方。**眼前究竟是什麼樣的地方**？

沙地上的所有足跡全都消失無蹤，在掀起的一片黃沙中，沙粒散向各處。鹹味刺痛著他的鼻子，他嗅聞著眼前的氣味。

雷霆兩腿夾著尾巴，「黃沙……不斷蔓延、擴散。」

幸運點點頭，對小猛犬的失望感一掃而空。他從沒見過眼前這幕景象，在這個地方看不見任何樹木、平原或是花朵。**或許我們來到了世界的盡頭……一個森林之犬也到不了的地方。甚至就連地犬也無法在這裡施展他的力量。所有的神靈之犬是否全都遺棄了我們**？他的尾巴緊貼著身體，內心帶著罪惡感。在神靈之犬們爲他做了這麼多之後，喪失對祂們的信念是否公平？

瑪莎也繞過小丘，後方緊跟著貝拉跟月亮。「快瞧瞧！」她大聲喊叫，目光越過幸運，「遠處那裡。」

幸運眨眨眼睛。起初，他眼前除了黃沙以外，什麼都看不見。接著，他留意到動靜，一大片湖水在眼前開展。

瑪莎不確定地搖擺著尾巴，「小河流進了……湖裡。」

月亮上前一步，黑白相間的腳掌陷進柔軟的沙地，「看起來不僅是座湖……我從沒見過河水如此無邊無際……」

幸運內心一陣恐懼，月亮沒說錯。這片波光粼粼的湖水盡頭見不到陸地。山腳下方的波浪奮力衝撞沙地，泛起白色泡沫的波浪衝出河岸後消失。

第三章

狗群們來到湖邊，幸運試著舔了舔水，這片寬闊湖水帶有奇怪的鹹味。他的腳底陷進沙裡、淤泥沾黏在毛髮及腳掌底部。大型的白色水鳥在水面盤旋，乘著刺骨寒風滑行時發出尖銳叫聲。白色的波浪在他們的身體下方起伏，激起的浪花隨即消失在半空中。

「這裡究竟是哪裡？」月亮納悶道，她那黑白相間的耳朵不安地抽動著，棕色眼眸睜得老大。

幸運嗅聞沙灘，卻只聞到鹹味。**世界的盡頭……一個神靈之犬的力量也抵達不了的地方**。他覺得自己應該說出這份恐懼，只是怕會嚇壞同伴，月亮已經受了太多折磨。「我也不知道。」他開口回答，一點也沒造假。

漫無邊際的湖水朝四面八方擴散。水面激起的巨大漣漪讓幸運回想起荒野狗幫跟栓鍊犬初次集體行動的那一晚，便是在湖邊紮營。不過眼前的湖水似乎擁有更龐大的能量，一股看不見的力量使得波浪激起又落下。浪花彼此相互激盪的怒吼，讓幸運的耳朵不禁向後豎起。

水岸邊的地面不僅顏色很深且溼潤，比起黃色的沙地更難行走。雷霆沿著岸邊跳躍前進，在沙地留下一個個圓圓的小腳印。

「小心點，雷霆，別太靠近岸邊。」幸運警告她。

不一會兒，湖水漫過沙地，雷霆迅速往後一跳。白色泡沫沾上她的腳掌後隨即消失，在她的腳上留下溼潤的沙子。雷霆立即跳往乾燥地面，她舔舔腳掌，立刻糾結著臉吐出黃色沙礫。溼地上已不復見任何足跡殘留。

瑪莎走到水邊，佇立地望著眼前一望無盡的湖水，讓冰冷的湖水流過她的腳掌。幸運納悶，她是否想要跟河水之犬祈禱，他不禁懷疑恐怕連河水之犬也治不了眼前這一大片水。

河水之犬是否在此庇佑著我們……

貝拉甩動毛髮，「呃，狗幫肯定就在附近！」她開心地擺著尾巴說。

月亮豎起耳朵，「你眞的這麼認爲？」

「是啊！他們爲何不選在這個取之不盡的湖水邊落腳呢？」她低頭喝了口

水，卻大叫著抬頭。「這水不能喝，眞是鹹死了！」

幸運走近貝拉，豎著鬍鬚仔細地嗅聞湖水，他不認爲鹹得難以入口的水，是跟長爪住處附近的河水一樣遭到污染。望著白色泡沫從沙礫上消退，幸運留意到沙地開始結冰。溼潤的沙地表面結了一層霜，提醒幸運必須帶著大家前往溫暖且乾燥的地方落腳，以免生病。

他轉身面對狗群，「我們必須動身了。」

「荒野狗幫的氣味消失了。」月亮說，「除了鹹味，我什麼也沒聞到。」

幸運用力深吸一口氣，月亮說得對：籠罩在寬闊湖水上方的空氣遮掩了其他味道。他再試一次，有了！他似乎嗅聞到空氣中傳來艾爾帕身上淡淡的麝香味。「往這邊走！」

正當狗群們忙著越過沙地，幸運聞到一股讓他的觸鬚忍不住發顫的甜味，胸中頓時充滿暖意，尾巴忍不住迅速搖擺。能夠再度跟荒野狗幫聚首眞是再好不過了，幸運對自己說。他的腦海不禁出現老友麥基跟栓鍊犬那些同伴的畫面。他還記起荒野狗幫的最初成員，像是史奈普與春天，還有月亮的幼犬們，荊棘與甲蟲那雙聰慧且帶著希望的雙眼。

但是當他登上沙丘時，腦海中出現的卻是甜心的模樣，他身上的毛髮因爲期待而豎起。

「水氣凝結的冷空氣眞是凍死了。」貝拉喃喃說著。

幸運突然中斷思緒，的確，刺骨寒風吹過寬闊的湖水，讓他感到溼冷。狗群沿著湖岸前進，沙地似乎變得平緩許多。升高的水面打溼了他們身體的一側，而身體另一邊則只見漫天風沙。

月亮突然豎直了尾巴，「那是什麼？」

幸運凝視著遠方，看見沙地上突出的金屬桿子上纏繞著一堆鐵絲網。他無法想像這些鐵絲網究竟是什麼用途。他看到旁邊有長爪們從前喜歡坐著的結實家具，上頭覆滿泥沙，其中一隻細瘦的腿向內彎折。「這地方像是一座城市。」待大家走近時，他說。沙丘中央甚至還能見到一輛籠車仰躺著。無盡的湖水聚積在籠車的透明石眼珠後方，籠車的身體則深埋在黃色沙礫底下。

幸運一臉狐疑，「長爪說不定住在這附近，有自己的城市或類似的地方。」他實在難以想像沙地裡爲何會出現長爪的物品。或許是大咆哮的威力，將這類物品遠遠拋到此地。

當他們沿著沙地前進時，地平線上突然出現小鎮的輪廓，一如幸運所預期。小鎮外圍是長爪的營地，但卻跟幸運從前所見的不同。橫跨於寬闊湖水上方的巨大木製平台上，搭建了一座破損的建物，它有著奇異的角度，映襯著明亮、寒冷的天空。

狗兒們紛紛停下腳步，盯著眼前這一幕。

「這些彎彎曲曲的東西是什麼？」雷霆問。

幾個巨型金屬環狀物繞過平台另一端的建築物後方，像軌道般突起。

「這些是籠車嗎？」瑪莎問。

幸運瞇起眼睛，瑪莎說得沒錯：金屬軌道上聚攏著小型籠車。「這一幕讓我想起，從前那些巨型籠車總是在城市之間來回移動。」他對瑪莎說，「籠車常在路上穿梭，長爪們把籠車停妥後，經常在籠車上進進出出。」

「我從沒聽過這樣的事。」貝拉一臉狐疑地望著他。

瑪莎不禁抬起頭來，「但這些軌道並不通往其他地方……眞想不透這些長爪們爲何要繞著圓圈打轉。」

「通向天空的迴圈！」貝拉說，「說不定他們在那上頭獵捕鳥類。你難道沒看見盤旋在我們上空的白色大鳥？」

幸運抬起頭，果不其然——幾隻巨大的白鳥在寬闊湖水的上空盤旋。他突然感到飢腸轆轆，但他跳得再高也抓不到這些在空中飛翔的鳥兒。狗兒是絕對獵捕不到這些鳥，除非牠們停在狗的面前。雷霆的目光也不禁跟著這群鳥兒移動，忍不住咂著嘴。

月亮一臉狐疑地望著貝拉，「這說不通。長爪們不熱衷於獵捕鳥類。」貝拉態度傲慢地嗅了嗅，「這點我不敢保證。不能因為你不了解其他人的舉動，就否定他們這麼做的理由。長爪們向來擅長狩獵，當年我身為栓鍊犬時，從來就不必為吃煩惱。倘若長爪們在天空駕駛他們的籠車，肯定會有他們的理由。」

月亮並未對此多做回應，但是她的尾巴僵硬、耳朵服貼。幸運猜得出來她心裡怎麼想的——一旦身為栓鍊犬，終身就難脫栓鍊犬的命運。他不安地望著眼前這一幕，由衷地希望疲倦的狗兒們不會因此引發爭端。

體形龐大、性情溫和的瑪莎完全忽視彼此緊繃的關係，她朝著長長的木頭平台上的破損建築物眨眨眼。「我聞到了狗幫的氣味。」她喃喃說著。

幸運嗅聞空氣，她說得對——艾爾帕跟其他同伴的味道變得愈來愈強烈，「我們走吧。」他搖著尾巴說，狗兒們便朝向木頭平台前去。彎曲的軌道朝天空延伸而去，在寒風中發出嘎吱聲響。

「你確定這麼做安全嗎？」月亮望著陳舊的平台以及上頭破損的建築物。

她這一生都在荒野生活，一點也不想靠近長爪們的居住地，幸運心想。艾爾帕肯定也這麼認為，然而狼犬的氣味卻引領著幸運朝木頭平台接近。當他們靠近平台，幸運發現平台藉著細長的木條支撐在水面上。寬闊湖水的波浪沖刷著支撐木條，水波在迷霧中打轉。

月亮也見到眼前這一幕，她停下腳步，其中一隻前腿停在半空中，「我們不需要走到平台上吧，幸運？我甚至沒再聞到狗幫的氣味，艾爾帕不會走到那裡去。他不會希望跟長爪和他們的奇怪地方有所牽扯。你難道忘了他有多麼急著要跟長爪撇清關係嗎？」

幸運低頭嗅聞腳掌上的沙土，試著不去理會掩蓋住一切味道的鹹味。月亮說得對，艾爾帕的氣味從空氣中消失了。這一點都說不通。除非……

他抬起頭，「他們肯定離開了水邊，前往下風處。這是我們聞不到他們氣味的原因。」他轉身背對寬闊湖水，開始攀上沙岸。月亮和其他同伴緊跟在後。

可以肯定的是，橫過沙岸的低矮地面遮擋了從水面升起的刺骨寒風，以及艾爾帕的氣味跟狗幫的行蹤。

「往這邊去！」幸運說完後趕緊橫渡沙地，試著趕上他嗅聞到的氣味。月亮跟貝拉跟上他的腳步，來到他的身邊，他聽見瑪莎的大腳重重踩踏在地的聲音。幸運回頭張望，發現雷霆遠遠落在後頭。

「雷霆，怎麼回事？」他折返回沙地，其他狗兒也停下腳步、交換眼神。

小猛犬搖搖頭，「沒什麼……」

「說吧！」幸運舔了舔她服貼的小耳朵，「什麼事困擾著你。」

幼犬嘆口氣、坐在沙地上，「我實在不想這麼說，只能說先前獵捕的那隻河兔太小，我們已經有一段時間沒吃東西了……」

貝拉、瑪莎跟月亮擔心地來到雷霆跟幸運身邊。

「你肚子餓極了吧？」幸運說。

雷霆趴躺在地，把頭枕在沙地上，滿臉罪惡地抬頭望向幸運，「我很抱歉。」

「我們也都餓壞了。」貝拉說，「這地方形勢險惡，在沙地上難以行走，而且寒風刺骨，更沒有任何屏障。」

幸運深切明白這一點，他低下頭。一想到河兔的滋味，他的胃也忍不住發出咕嚕聲，滋味肥美的兔肉、毛茸茸的尾巴跟身體。

「上空有白色大鳥盤旋。」月亮指出，「就算牠們降落在地面上，也很難捕抓到牠們，這地方一點屏障也沒有——牠們一見到我們，肯定立刻飛走。」

「呃，這一點都不成問題。」貝拉說，「我們只需要前往長爪的營地，說不定能找到派得上用場的東西。」

幸運轉身回望寬闊湖水，湖水被低矮的沙丘遮掩，卻看得見彎曲的軌道與殘破的籠車。「我不確定主意好不好。」他喃喃說著。**萬一那個地方不是一座城市？可能會讓我們深陷危險。平台也可能因為大咆哮的關係嚴重受損。**他頸部的毛髮豎起，憶起先前見到平台下方水波形成的漩渦，不斷沖刷著平台的支柱，激起白色的水霧。就連現在，耳邊也似乎縈繞著浪濤的隆隆聲響。

月亮睜大眼睛，「返回長爪營地的主意行不通！我們得緊跟著荒野狗幫的行跡前進。倘若返回湖岸邊，我們可能會永遠失去找到他們的機會！北鼻跟扭蛋就再也見不到媽媽。」幸運聽見月亮提起幼犬們的名字時，感到一陣心痛，儘管他倆現在都取了成犬的名字，而且也不再需要依靠媽媽生存。「孩子們還無法適應失去費瑞跟我的日子。」月亮在提到費瑞的名字時，忍不住一陣哽咽，身體則因爲悲傷與疲倦的而顯得虛弱不堪。

雷霆似乎聽出月亮這番話的意思，她站起身、甩開身上的沙土。

貝拉不耐地轉身看她，「你不會把月亮這番話當眞吧？你知道，月亮不是艾爾帕！」

幸運爲妹妹這番缺乏同理心的話而感到吃驚。月亮尚未走出伴侶費瑞離世的打擊，再加上不熟悉身邊的同伴——她當然會想要回到幼犬與荒野狗幫身邊。雷霆也不該受到責備。幸運望著小猛犬臉上的表情像是在苛責貝拉。**她正努力嘗試融入這個圈子……成為狗幫的一員。必須學會控制自己的脾氣。**他的妹妹應該要小心，別去惹惱小猛犬。

瑪莎小心翼翼地走到雷霆身邊，月亮與貝拉則對彼此低聲吼吠。

刺骨寒風吹拂過沙丘，揚起的沙礫宛如一顆顆的碎透明石。幸運怔望眼前颳起的沙礫，沾黏在他的毛髮上。他一點都不喜歡狗幫的階級制度，但遇上需要決定重要大事時，能有個領袖當機立斷是項優點。**一個優秀的艾爾帕**，他心想，**能夠讓每隻狗幫的成員都信得過他的決策**。

放眼望去，面前矗立著一座座黃色的沙丘。幸運感到飢腸轆轆。在這樣布滿沙丘的地方如何能夠獵捕到食物？他的耳朵向後豎起，聽見寬闊湖水似乎永不止息地翻騰出浪花。如果他們朝湖水前進，前往長爪棄置的營地，說不定有機會飽餐一頓。

但如果就此跟丟了荒野狗幫遺留下的氣味，或許彼此將從此失聯。

第四章

月亮跟貝拉雙雙陷入沉默，朝對方齜牙咧嘴，腳掌深陷在沙地裡。雷霆的尾巴甩打著身體一側、望著眼前這一幕。幸運則略顯遲疑，不確定該怎麼做。

最終，體形龐大、性格溫順的瑪莎步上前去，「雷霆說得對，我們全都餓壞了。飢寒交迫讓我們對彼此產生敵意。」

幸運點頭，最壞的情況便是狗兒間發生爭端。

「如果能吃飽的話，也許就能緩和彼此間的敵對。」瑪莎繼續說，「說不定能在長爪的營地裡找到吃的，我想如果我們能夠仔細追蹤狗幫留下的氣味，應該不會有問題。我們無從得知他們離多遠——就算白天趕路也不見得趕得上，最後只得落得更是飢寒交迫。」

月亮的表情緩和許多，她嗅聞空氣、帶著崇敬之意低下頭，「你說的也有道理，只要我們沒跟丟狗幫遺留的氣味，憑著我們的速度，離開去找點吃的應該不成問題。」

雷霆開始搖起尾巴、興奮地喘著氣。

幸運站起身，「那麼我們出發去長爪的營地查看情況——在太陽之犬升到天空最頂端之前，我們最好趕緊動身離開。」

大家都贊成他的說法。

幸運抬起頭。也許我們根本不需要艾爾帕……瑪莎輕易地提出意見，而她那低沉、理性的聲音不怒而威。

雷霆迫不及待地奔向寬闊湖水的沙岸，在充滿鹹味的空氣中甩著尾巴。瑪莎緊跟在後，其他成員則跟著他們的足跡前進。

狗兒們登上沙礫土丘，再順著黃色沙丘奔下。

突出於陸地的平台是在沙土乾燥時搭建，高高橫跨在寬闊湖水之上。平台的地板由木片組成。入口還有一個多彩、邊緣綴有透明石球的裝飾拱門。其中有些發出油亮的黃褐色光芒，還有幾顆閃爍著，其中幾顆的顏色變深、龜裂。狗群走過拱門下，環顧四周、將身體壓到貼近地面。

幸運早就料到營地已棄置多時。大咆哮驅離了長爪們，就像城市裡的長爪般消失無蹤。然而，這裡隨處可見的招牌，顯示出他們曾在此生活的跡象——他們坐過的座椅、放著他們棄置之物的腐食桶。平台另一端，巨型的彎曲軌道直通天際。

瑪莎輕輕嗚咽，幸運舔了舔她的肩膀。他並不是隻栓鍊犬，但見到眼前如此蕭條的景象，不免也感到震撼。**真是個悲傷且荒涼的國度**。這裡肯定就像城市般，曾有許多長爪定居於此。他們全都去了哪裡？他搖了搖耳朵，他知道最好別再繼續想這個問題。

幸運逕自走向腐食箱，想起自己從前曾在裡頭找到能吃的食物。他掂起後腿、身體貼近腐食箱，朝漆黑之中嗅聞。沒有聞到食物的味道，或許鼠輩們早在許久之前就已經吃光裡面的東西。幸運將頭深深埋進去，以免有所遺漏。霎時，他竟被一片漆黑與靜默環繞。朦朧間，他突然憶起幼年的回憶，當時還只是隻幼犬的他，被深埋在土裡，差點窒息。受到一陣驚嚇的幸運，立刻把頭從腐食箱裡縮回。

其他同伴則沿著木棧道前進，木棧道兩側矗立著木造建築。幸運實在想不出來這些建築物的用途爲何。這些房子可一點也不像城市裡的美食屋。他記得長爪們曾在這類大型建築物裡存放動物毛皮和其他物品，但眼前的建物看起來一點也不像房子。它們比較小、開闊的前門綴有破布流蘇。這塊布應該曾經色彩繽紛，如今卻蒙上一層沙。

雷霆停在其中一棟木製建築前，她透過木板牆面的裂隙窺看裡頭，「你們瞧！」

幸運走到雷霆身後，跟隨她的目光。一排黃色鴨子的嘴，被鉤掛在建築物後方。這些不是眞的鴨子——似乎是以某種堅硬的發光物製成。幸運蹙眉，納悶這地方爲何掛了一排鴨子。他見到牆上用繩子掛了一把槍，不禁發出一聲低吠。難道長爪們用這把槍射擊這些模型鴨？這麼做的用意爲何？這些鴨子又不能吃。

幸運知道這地方沒有長爪會擊發槍枝，但他不喜歡靠近槍。他舔了舔雷霆的耳朵、催她離開。「這些不是眞鴨。」

「眞希望它們是活生生的鴨子。」她忍不住抱怨。

幸運抬頭，「我們很快就能找到吃的。」卻不禁懷疑這地方能否找到吃的。**希望我們別鑄下大錯……**

大家跟在貝拉身後前進，她已經步上平台一段距離。雷霆加緊腳步、幸運卻停下腳步，凝視水中的漩渦。他低頭仔細觀看，儘管水面離平台仍有一段距離，但一想到萬一平台上其中一塊木板鬆動掉落，後果真是不堪設想。

他趕上貝拉的腳步，此刻她正在嗅聞其中一棟木製小屋。這棟建築物四面開放，前方的開口約在幸運的頭頂處，有個突出的架子。從幸運的位置看來，這地方堆滿了長爪不要的廢棄物，模樣有些怪異。貝拉跳上架子，取得更好的觀察角度。

她的尾巴開始搖擺，「這裡到處都是玩具！」

瑪莎走向貝拉，以她的高度可以毫不費力地從架子上望出去。

「飛盤、呼拉圈和小球！」貝拉喊道。

「柔軟的填充玩具，看起來像動物。」瑪莎接著說。

幸運以後腿站立、前腿靠在架子上保持平衡。滿佈灰塵的藍球、銀色的呼拉圈和絨毛松鼠則垂掛在小木屋的天花板下。

貝拉跳到建築物地板上，檢視滾到一旁的大型絨毛玩具。它看起來有點像是巨毛怪，只不過沒那麼嚇人。毛茸茸的腳掌末端沒有銳利的爪子，跟長爪開心時彎曲的嘴角一模一樣的笑臉，取代了滿嘴的利牙。

貝拉用前腿拍了拍玩具巨毛怪，「小長爪在夜裡睡覺時也是這樣拍著他的玩偶。」

幸運小心翼翼地看著貝拉嗅聞玩具、用她的頭迅速地蹭玩偶一下。瑪莎則興奮地喘著氣。她將她的大黑腳用力踩上架子、發出一聲吠叫。幸運突然怔住不動，想起與栓鍊犬之間的遭遇。他們當時一心只想找到主人。每隻栓鍊犬都死守著過去的紀念物不放，還堅持要帶著這些物品前往荒野生活，完全無視這些物品將成為負擔。當時可是費了好大一番功夫，才說服栓鍊犬丟開這些隨身物品——麥基甚至在狗群加入荒野狗幫後，仍保留從前的舊物品。幸運一想到農場犬，最後得在自家門前扔棄主人的棒球手套時，不免悲從中來。

萬一見到這些舊物品之後，讓貝拉與瑪莎再度懷念起自己的主人，那該如何是好？

貝拉抬頭，與瑪莎四目相對，「這些玩意兒怎麼會出現在這裡？」

瑪莎抬頭，「我也不知道……也許長爪們把我們的東西帶來這裡。」

「這麼做是為了什麼？」貝拉用嘴甩開玩具，「我寧可在夜裡跟狗幫的同伴們相互取暖，也不願意再緊抱著一條沒有生命的破毯子。」

幸運鬆了一口氣，慶幸自己的妹妹是這麼想的。自從他在城市裡與栓鍊犬們相遇後，貝拉跟其他同伴也經歷了不少事。他轉向地面、嗅聞空氣。在刺骨寒風中，嗅聞不到荒野狗幫的氣味。他知道他們得向內陸移動，從屛障中再度嗅聞到狗幫的氣味。

「我們得繼續移動。」他警告同伴，「趕快找到食物，離開這個詭異的地方。」他轉身走向平台另一端的建築物，瑪莎卻發出低吠。她抽了一下耳朵、頭部迅速扭動。

可別回頭找長爪的物品！但是瑪莎卻沿著木製平台，走往相反方向。

「水花聲！」

月亮跟雷霆聽見她說的，跟著她走向那棟塞滿玩具的建築物。

幸運伸長脖子去聽，卻只聽見寬闊湖水不斷傳來的洶湧波濤。他不願去多想腳底下充滿著不斷起伏的浪花。「我什麼也沒聽見。」

「我也沒聽見。」貝拉坦承。

「相信我。」瑪莎喃喃說著，朝木頭地板低下頭，追隨著只有她才聽得見的聲音。

幸運與貝拉停下腳步、交換眼神，但月亮二話不說就跟著瑪莎後頭。她轉身、睜大眼睛望向同伴，「河水之犬有話對瑪莎說。」她提醒大家，「我們應該尊重這一點，瞧瞧她對瑪莎有何指示。」

貝拉點點頭、跟了上來，雷霆則跟在她的身邊。幸運也跟過來，納悶著月亮在費瑞過世後似乎更加相信神靈之犬的力量。**但這些神靈之犬卻救不回費瑞的性命**，幸運心想，傷心地憶起偉大的鬥士遭到長爪們的毒害後，就變得虛弱不堪。遭遇無懼的狗幫攻擊時，他已經虛弱得宛如剛出生的幼犬般，毫無招架之力。

瑪莎率領狗群穿越另外兩棟木造建築，幸運開始覺得不安。我不認爲我們應該靠近這些彎曲的軌道——它們看起來一點都不安全。他戒愼恐懼地望著它們。其中一輛小籠車倒掛在上面，看起來像是隨時就會墜地。待瑪莎在一個石造建築前停下來後，幸運才鬆了一口氣。

石造建築沿著平台搭建，看起來比木造建築更龐大。側面可以看見許多宛如蜘蛛網般盤根錯節的裂隙。瑪莎趴伏著，肚子幾乎碰到地面地沿著石造物的側邊匍匐前進。

幸運盯著石牆上的裂隙，總覺得哪裡不對勁。突然間，他想起石牆上沒有任何透明石窗，這眞是不對勁。他記得長爪向來喜歡從透明石窗，向外窺探外面的世界。

瑪莎沿著石牆側邊來到一扇大門前，幸運走在她身邊，看見這道嚴重受損、微微傾斜的門。霎時，他也聽見了水花聲，望著眼前這一幕，身上的毛髮興奮地豎起，瑪莎用前腿拉扯這道門。門似乎卡住了，不過瑪莎極有耐心地繼續扳著門板，直到這道門發出嘎吱聲響，打了開來。水流了出來，沖刷著狗兒們的腳掌。熟諳水性的大狗嗅覺真不是蓋的，幸運幾乎屏息！

活生生的魚在地面翻動著身體、在流出的水中跳躍。月亮衝上前去，用前爪壓制住一隻魚的橘紅色長尾巴，瑪莎則咬起一條魚。幸運、貝拉跟雷霆穿過他們身邊，進入石造建築。

幸運簡直不敢相信自己的眼睛，色彩斑爛的魚不斷地躍出水面，高度不超過他的腹部。水不斷地流向門邊，留下魚兒在堅硬的地面上掙扎。其中有些魚已經翻肚死亡，落在堅硬的石造地面上。倖存的魚兒則無助地扭動身體，任由狗群宰割。

「我真是不敢相信！」雷霆大喊道，「簡直就是美夢成真！」

貝拉見到眼前一隻藍白相間的大魚時，忍不住伸出了舌頭。「這怎麼可能？」

幸運迅速掃視屋內，發現沿著牆面擺放了一個個的透明石箱。大部分的透明石箱裡裝滿了魚，但有少數幾個透明石箱破裂，他轉身望向貝拉與雷霆，

「這些透明石箱肯定是在大咆哮發生時被震碎的，箱子裡的水漏了出來，將魚困在屋內，直到瑪莎破門而入，才讓漏出來的水流光。」

雷霆咀嚼著魚尾巴，「但是沒有長爪餵這些魚，牠們怎麼活下來的？」

貝拉抬眼，「牠們大概是互相殘殺，吃掉較小的魚才得以存活。」

雷霆的臉一陣抽搐、簡直不敢置信，「牠們殘殺同類？」

瑪莎與月亮加入同伴的行列，全都繞著無助的魚兒圍成圈。幸運咬起其中一隻黃藍色的魚，他仰頭吞下魚，咀嚼起肉質甜美的魚肉，甜中帶鹹的滋味順著他的喉嚨而下。

「感謝河水之犬！」月亮說。

狗群們撲向鮮美的魚兒，急忙將軟嫩的魚肉吞下肚，直到一條魚也不剩。幸運忍不住扭動尾巴、內心充滿罪惡感。**或許神靈之犬並未放棄我們**。

當大家意猶未盡地舔著趾間的殘餘肉末時，幸運獨自默默地向河水之犬祈禱。

噢，慷慨的神靈之犬感謝您賜予我們豐盛的一餐，我內心萬分感激，他向神靈說著禱告詞。在填飽肚子後，狗群們沿著木造平台邁出步伐，與狗幫成員們會合的日子指日可待。

第五章

狗群們心滿意足地踩在木造地板，舔舔飽餐後的嘴。幸運似乎習慣了腳底下翻騰的浪濤聲。他不再感到恐懼，也沒有停下來思索太久。

雷霆走到他的身邊，「你不覺得魚肉眞好吃嗎？」

幸運抬頭，「是啊。」

「我們來這裡的決定沒錯，不是嗎？」

「的確。」幸運望向貝拉，只見她的臉上露出一副**我早就告訴你**的自滿神情！至少，她沒將內心話說出口。月亮似乎並未留意到這一點，她回頭張望另一個方向，目光越過彎曲的軌道、小型籠車以及遠方一望無際的湖面。

他們抵達平台起點，幸運低頭、透過木板間的縫隙向下望。**水都去了哪裡？我的確看見拱門下方的波光散發著粼粼波光**。他退了幾步，再次透過木板縫隙向下看，直到他瞥見浪花激起的白色泡沫。有那麼一瞬間，他懷疑寬闊的湖水是否縮回了陸地。他搖了搖頭——不，不可能的。

雷霆坐在拱門底下、搔著耳朵，「我們可以去跟我們的狗幫會合了吧？」

「是啊，不過……」幸運望向滿布頹圮建築物的小鎮，這讓他不禁想起長爪居住的城市。「我們最好快速通過這片廢墟，而非重回沙地找尋足跡。」

「這對我們來說輕鬆多了。」貝拉說，「在沙地上行走簡直要我們的命。」

「但我們不是說好要回去追蹤狗幫的氣味。」雷霆提出。

瑪莎猛點著她的黑色大頭，「她說得對，我們的確得回去，如果換別條路走，就得冒著與狗幫失聯的風險。」

月亮跟上他們的腳步，幸運希望她堅持返回沙地、尋找荒野狗幫的下落。她卻告訴大家：「我們往小鎮去找，希望較大。」

瑪莎卻猛搖著頭，連下顎也跟著晃動。「我還以為你想要返回沙地？我們在那裡跟丟荒野狗幫的氣味，是你自己說狼犬艾爾帕恐怕也會避免進入長爪的聚落。」

幸運感覺到一陣不安、毛髮糾結著。不久前，狗群還維持著和平。在寒風刺骨的天氣中，最不希望彼此口出惡言。

農場犬的藍色眼睛眨呀眨地望向瑪莎。「狼犬艾爾帕的確會避開長爪的居住地，帶領狗幫返回沙地，這點無庸置疑。但他們會選擇繞過小鎮、返回湖邊。這意味著如果我們抄捷徑穿過小鎮，就有機會趕上他們。而且穿越小鎮比走在沙地輕鬆許多。」她望向雷霆，只見她朝向木板壓低身體、閉上眼睛。幸運見到幼犬疲憊不堪，儘管她的意志驚人。月亮只得望向瑪莎。「長爪在寬闊湖邊搭建的營地遭到廢棄，小鎮肯定也一樣荒蕪無人居住。我們沒什麼好怕的。」

瑪莎明白地點點頭，「幸運，你怎麼想？」

此時，一陣風拂過寬闊湖水，吹起幸運的毛髮，溫度更加寒冷。太陽之犬正繼續著他的旅程，升到湖面之上，雲層卻堆積在湖面上方，遮蔽了溫暖的陽光。幸運甩動毛髮，嘗試月亮教的取暖方法。他不知道應該選擇哪一條路，只想盡快結束這段旅程。前往長爪的聚落肯定比較快，雖然硬石子路面也嚴重受損，但就像月亮說的，這總比走在沙地上輕鬆，而且還能遮蔽刺骨的寒風。

他望著瑪莎的眼睛，「我們穿過小鎮吧。」

「緊貼著路中央行走。」幸運回想起城市間頹圮的屋舍，不由得提醒同伴。小鎮受損的情況沒有城市嚴重，但保持安全距離總不會有錯。

小鎮的屋舍比起大城低矮，受損情況也較輕微。但崩壞的路面與碎透明石則爲大咆哮的造訪留下了證據。除了飛揚的塵土，隨處都能見到沙礫遮蓋了街道與建築物，以致於它們看起來就像是突出地面的黃色沙堡。路邊仍可見到淤積的鹹水與汙穢的殘骸。

綠色的海草披掛在建築物上方。

這些東西怎麼會出現在這裡？

幸運一想到這些淤泥和汙水，應該是寬闊湖水倒灌沖上來的，內心不免一陣寒顫。大咆哮的威力眞有如此驚人，連湖水都沖刷上岸、淹沒土地？他頸背的毛髮豎起、下意識地把頭轉向岸邊。他看不見越過長爪聚落遠處的大湖，卻不斷地聽見浪濤拍打岸邊的聲響。

「那是長爪的手套。」貝拉用頭點了點街道上一個大小跟隻小兔子差不多、殘破不堪地被埋在泥沙裡的骯髒物品。

雷霆狐疑地偏著頭，「他們包起自己的爪子？」

「我不喜歡這裡。」月亮說完便端坐在地。

貝拉不滿地望了她一眼，「是你提議穿過他們的聚落的。」

「我只是說說罷了！」月亮反駁，「你們在這麼怪異的地方生活過——對此已經見怪不怪了。」

「我們儘可能快速通過就是。」瑪莎趕在貝拉開口前，安撫狗群的情緒，幸運對這隻大黑狗心存感激。她的善良天性使得大家拋開嫌隙。她接受大家在毫無抱怨的情況下通過小鎮。**加上她替我們找到魚兒作為食物，真慶幸有她在……**

雷霆突然發出一聲銳利、驚恐的吠叫，打斷了幸運的思緒，只見她四肢僵硬地佇立著、尾巴直挺挺地夾在兩腿間耳朵豎起。「我們必須折返！」她大喊道，「現在就離開！」

貝拉嘆氣，「這次不行！我們得穿過小鎮。」

月亮怒瞪著她，「你難道看不出來幼犬很害怕嗎？」她轉身望向雷霆，「不要緊、別擔心。我們很快就會離開這裡，現在折返的話，會花更多時間。」

雷霆無視狗兒們的勸說，緊張地走上前、抬高頭，「那地方太危險了！」她大聲叫嚷，「前面有危險等著我們！」

幸運明白事有蹊蹺，雷霆不會沒來由地這麼說，他走到她身邊、低下頭仔細嗅聞。空氣中的鹹味遮蓋了一切，然而……幸運突然心跳加速、恐懼竄過心頭。**難道……不可能會是這樣吧？荒野狗幫尋找全新營地，實際上是為了擺脫他們……**

「他們在這裡嗎？」他輕聲問。

「她不過是太緊張，被自己的影子嚇到。」貝拉抱怨。

雷霆卻睜大了眼，「我聞到了大牙跟其他猛犬的氣味。」

這下貝拉噤口不語、繃緊鬍鬚，瑪莎則走到雷霆身邊保護她。

月亮嗅聞空氣，「我沒有聞到他們的味道，如果他們真的在這裡的話，我們得立刻離開——既然雷霆嗅聞到了猛犬的味道，我們就沒有理由朝危險而去。」

瑪莎舔了舔幼犬的耳朵，「我們不能讓刀鋒接近雷霆半步。」

幸運見到月亮翻著白眼，農場犬的尾巴緊張地抽動。「光憑我們四個的力量，絕對沒辦法對抗整個猛犬狗幫。」

雷霆一把推開瑪莎，「我不需要保護。」她喃喃說著，目光沿著街道瞧、頸背高聳。「或許我們不該折返，反正我也厭倦了東躲西藏。」

「幼犬說的不無道理。」貝拉說。

月亮驚訝地轉身望向她，「你不會是在提議，直接挑戰猛犬狗幫吧？我們一點勝算也沒有！」

「不……但是我們可以追隨他們的氣味。」

幸運抬起頭，他不明白妹妹心裡在盤算什麼？

貝拉走近大家、壓低音量，「猛犬狗幫很可能最近也曾經過這裡，但我認為他們更可能安頓在小鎮裡。畢竟，他們在某種程度上，也算是栓鍊犬——前往長爪的營地，對他們來說再自然不過，即使長爪們早就放棄這個地方。」

幸運點點頭，覺得很有道理。

「之所以提議追隨他們的氣味，」貝拉繼續說，「是因爲我們必須設法知道，他們安頓的處所和他們的盤算。」

貝拉的提議引發在場狗群一陣靜默，幸運不禁蹙緊眉頭。跟蹤猛犬……這個作法是否明智？

「別一臉憂愁，哥哥。」貝拉用鼻子蹭了蹭幸運，「我不是提議正面迎戰，只是設法接近，查出他們有何打算。」

「是啊，我們應該走近一點。」雷霆拉高音量，「這麼做不僅是因爲我的緣故——我們有責任保護狗幫的其他成員。要是艾爾帕知道，我們有機會打探到刀鋒的計畫卻逃之夭夭的話，他肯定會大發雷霆？」

幸運嘆氣，跟著貝拉的目光望向安靜的街道，幼犬說的有理，「我們得小心別被對方發現。」

瑪莎點點頭，但月亮的耳朵一陣抽動，眼睛閃爍著不安的光芒。

「儘管我一點都不喜歡這個主意，也不喜歡待在長爪令人毛骨悚然的聚落裡，還有接近猛犬，但我希望甲蟲跟荊棘此生不會再有機會面對這群駭人的狗。所以，好吧——我們跟蹤猛犬。」

月亮此時提起的是，孩子們的成犬名字。幸運將此視爲好的徵兆，月亮應該已經逐漸走出失去伴侶的傷痛。「月亮，很遺憾我們沒能挽回費瑞的性命。」他說。

月亮明白地點點頭，「至少，我們試過了。謝謝你……」

瑪莎舔了舔月亮的鼻子，農場犬則滿懷感激地回蹭了她。

幸運與雷霆負責帶頭，貝拉跟月亮跟在他們身後，瑪莎負責殿後。不久，他們全都透過空氣裡彌漫的鹹味，聞出了猛犬的氣味。貝拉沿著街道邊緣嗅聞，戒慎恐懼地聞著一輛破損的籠車，「這裡曾被留下印記。」

幸運則是嗅聞傾倒的金屬腐食箱，他轉身望向貝拉，「這裡也是，我想你說的沒錯——他們正在劃分領地，營地想必就在附近。」

巨大的吠叫聲透過空氣傳來。

「是巡邏犬！」幸運輕聲說，他立刻跳往一旁的土堆跟雜草，以裝滿發臭魚群屍體的濡溼漁網作為掩護。他聞到了猛犬靠近和同伴間散發出的恐懼氣味。猛犬們想必也聞到了他們身上散發的味道！

幸運闔上眼默禱，**我明白樹林離我們還有一段距離，但我仍希望你能聽見我的祈禱……森林之犬，請告訴我如何帶領我們度過危險。**不一會兒，他心中立刻有了答案。他還記得麥基曾教他如何藉由在林地上打滾而遮掩身上的氣味，說不定用在沙地上也一樣有用。

幸運倏地睜開眼，「你們跟著我做！」他催促大家，眼下沒時間多做解釋。他開始示範如何在沙地上翻滾，直到毛髮沾滿了溼黏的鹽粒與雜草。月亮、瑪莎與貝拉一臉困惑地跟著做。似乎只有雷霆知道幸運這麼做的用意。**她**

是否還記得，那天夜裡我們在森林裡躲避土狼的事？幸運納悶。**當時，她的年紀還小，眼睛才剛睜開不久。**

待狗群身上都沾了帶有鹽分的沙礫，幸運示意其他狗兒應該全躲到濡溼漁網後方。他目光銳利地看著想舔乾淨身體的貝拉。狗兒們彼此依偎著躲在屏障物後方，望著兩隻猛犬在街道上巡邏。

幸運的話，他們說不定聞不到我們的氣味……

幸運屏氣凝神，等候猛犬趾高氣揚地通過漁網，他偷瞄了一眼，對方抬高下巴、目光直視前方，棕黑色毛髮下的肌肉緊繃結實，他們越過荒野狗幫的成員時，竟絲毫沒有察覺。

貝拉甩動毛髮，「呃，你真的很聰明耶，亞普。」

幸運拍拍妹妹，「這不過是麥基曾經教我的小伎倆罷了。」他沿著與猛犬相反的方向前進，希望他們再度巡邏這地盤時，他跟其他同伴早已離開。

狗群們比起先前，更加小心謹慎地追蹤猛犬們在地盤留下的氣味。他們穿梭在頹圮的建築物間，來到一輛鏽蝕的籠車後方時不禁屏住呼吸。猛犬的氣味愈來愈濃烈。幸運嚇得背脊發涼——猛犬狗幫的營地就在附近。

雲層覆蓋住寬闊湖水上方。白色的大鳥在雲朵下盤旋，朝破落小鎮俯衝。

其中一隻大鳥發出尖銳叫聲，衝向其中一隻狗。幸運見到雷霆突然跳向空中，卻吃驚地止住吠叫。

狗群們來到一棟寬闊的建築物前，屋前有著石階，牆上掛著長爪們褪色、覆著灰泥的照片。這裡應該曾經有道門，卻不幸在大咆哮中脫落。開闊的入口傳出猛犬的氣味，幸運聞到了他們的領袖——刀鋒身上刺鼻且帶有泥味的氣味。他也留意到房子裡的透明石窗全都不見，胃不由得一陣抽搐。屋內肯定一片漆黑，他縮回牆角，對其他同伴說。

「我必須靠近查看，但是我們不能冒險全部進入刀鋒的巢穴。你們可以躲到籠車後面，我一會兒就回來。」

「我可以一起去嗎？」雷霆小聲問。

幸運舔舔她的鼻子，「這可不行。」

「特別是你。」瑪莎附和，用鼻子將她往回推。

雷霆只得點點頭，跟著瑪莎躲到一排廢棄籠車後面，月亮也跟著他們。貝拉畏縮不前，「小心點，幸運。」她舔了舔他的鼻子後，才跟著其他成員一起躲藏。

幸運登上石階，準備偷偷潛入建築物內。他發現自己站在一塊紅色的柔軟毛皮前。幾道平行的階梯延伸至同一個樓層的不同方向，一連串的入口全都掛著紅色毛皮。幸運來到其中一個入口前，用前腿撥開紅色毛皮，見到一個破損的木門斜倚著。裡面漆黑一片，宛如洞穴般。

幸運花了一點時間才讓眼睛適應昏暗的光線。房子內部比他原先所想的寬闊。華麗的金色裝飾覆蓋著天花板，有翅膀的白色小長爪雕飾，如今沾滿灰塵。地板上整齊排列著鋪上紅色毛皮的椅子，一排排面對前方高起的檯子。幸運注意到其中幾張椅子遭到破壞，布料一角的齒痕明顯可見，一團團黃色絨毛突了出來。霎時，他見到檯子上出現動靜，心裡一沉，因爲他認出了那對尖耳朵。

刀鋒正爬上一個用長爪住處找出的物品拚湊成的窩巢，有碎布條加上一層層鋪在地板上的紅色地毯，以及座墊裡的內襯。她的兩名手下則守在檯子兩旁。幸運見到他們的身形高大、肌肉結實。

貝拉判斷得沒錯，猛犬狗幫的確選在此處落腳。這也算是好事一樁——這意味著他們尚未發現荒野狗幫的蹤影。就在幸運決定離開這個大房子時，耳邊突然傳來吠叫聲。他倏地轉身、心臟噗通直跳，吠叫聲從屋外傳來！

幸運奔下石階、衝出建築物出入口，及時見到雷霆跟瑪莎正朝著三隻猛犬狂吠。其中兩隻猛犬的身形幾乎跟瑪莎一般高，另外一隻不過是隻幼犬。幼犬儘管身形嬌小，卻拚了命地朝雷霆跟瑪莎咆哮不止，不平整的耳朵平貼在頭的兩側，張開的下顎露出宛如碎透明石般銳利的尖牙撕咬著空氣。

幸運不由得屏住呼吸，他認得這隻猛犬……他就是雷霆的親生兄弟——小牢騷。

現在的名字是大牙。

第六章

「瑪莎、貝拉，你們快跑！」雷霆大喊，「讓我來對付這群狗！」

幸運站在建築物外的石階上怔住不動。體型壯碩的棕黑犬，齒間掛著唾沫、轉身朝他咆哮。大牙跟其他猛犬上前一步，走近雷霆。

幸運渾身緊繃。儘管雷霆十分強悍，但是她沒法獨自對抗兩隻成年猛犬或是她的親兄弟。**我實在不該同意追蹤猛犬**，幸運心想，內心滿是愧疚。**我們早該在雷霆對我們提出猛犬就在附近的警告時離開小鎮**。

「我們不會拋下你！」瑪莎走到雷霆身邊對她說。

「瑪莎說得對！」貝拉跟月亮步出受損的籠車時說，他們壓低頭、頸背高聳地朝著猛犬咆哮。

大牙仰起結實的頭、高聲吠叫。刀鋒跟其他猛犬狗幫的成員想必立刻就會趕到。幸運一想起對方的成員爲數眾多，不免一陣驚恐。他跟其他同伴肯定會全軍覆沒。

噢，森林之犬，你在我遭遇困難時總幫助我度過難關——這回我該如何戰勝這群猛犬？

他腦中立刻得到答案，獨行犬幸運向來知道如何脫困，如今他加入狗幫，自然要借用自己的智慧。

他清了清喉嚨。「嘿，獐頭鼠目的傢伙！」他朝猛犬大聲呼喊，他們立刻轉身朝他吠叫。「你們以爲自己在跟誰打交道，臭傢伙？」

其中一隻成年猛犬倏地轉身，完全忘了雷霆的存在，「有膽你再說一遍，雜種狗！」

「我說你們以爲自己在跟誰打交道，臭傢伙！」

「好大的膽子！」猛犬咆哮道。

「抓住他！」大牙下令。

三隻猛犬立刻衝向幸運，他立刻奔下石階，沿著覆蓋著黃沙的街道快步衝刺。他迅速衝向先前爲了躲避對方的巡邏犬而藏匿的漁網處。幸運踩著沙地，腳底打滑，差點迎面撞上牆壁，接著他加速前進，奔向下一條街。

等到猛犬集結到街道上，他早已守候多時。他們跟幸運還隔著一段距離時便停下腳步，不懷好意的黑色眼瞳閃閃發光。

「別輕舉妄動，雜種狗！」其中一隻母猛犬喊道，「等我們逮到你，肯定咬掉你的耳朵！」

幸運仰頭，盡可能展現冷酷、冷靜的一面，即使他呼吸急促，仍盡力調整呼吸。

「逮到我？」他嘲諷，「你們連隻瘸腿的松鼠都抓不到！」

「狂妄的傢伙！等著爲此付出代價！」刀鋒身邊的侍衛衝向幸運，幸運一個轉身，沿著街道逃竄，在抵達漁網前，倏地掉頭轉向一旁。他聽見誤入漁網的猛犬們張牙舞爪地在網中怒吼。

幸運抬頭望見月亮、瑪莎、貝拉和雷霆正在街道盡頭等著他。

貝拉感激地對他說，「幹得好。」

幸運趁機瞥向猛犬，看見他們拚命地在網子裡掙扎，想必不久就能掙脫。

幸運本想走向同伴，卻一個踉蹌地止住步伐。一個巨大的影子落在他面前滿布塵土的街道上。

大牙。年輕猛犬對幸運咆哮、擋住他的去路。「你還在耍這些微不足道的伎倆嗎？你真是一點都沒變，城市佬？」他衝向幸運，幸運迅速後退並想到，**大牙少了另外兩隻猛犬壯膽，根本不會是他的對手，不過他體格壯碩，其他猛犬不久就會集結過來。我們最好立刻離開。**

幸運朝大牙猛衝，用盡全身力氣將他往後推，幼犬摔落在河邊的溼濡雜草堆上。等到大牙起身、站穩腳步，幸運早已加入街道盡頭同伴的行列，一塊兒奔逃離開。

「快跑！」他大喊，帶著雷霆、瑪莎、貝拉和月亮沿著小徑離開。

大牙在後方窮追不捨，呼喚其他同伴加入。

「他們就要追上我們了！」月亮驚恐地大喊。荒野狗幫的成員們沿著滿布塵土的街道跌跌撞撞地逃命，閃避河邊的雜草堆與掉落的殘堆瓦礫。

我們必須想辦法，幸運心想，**找地方躲起來，我應該知道要躲在哪裡**。

但當務之急是得先甩開大牙，「快奔向湖邊的木頭平台。」他催促著。

狗群朝向小鎮邊緣、蹲低身子穿越拱門，突出於寬闊水面的平台閃爍著光芒。瑪莎領著狗群前往平台，越過一整排低矮的屋舍。大狗才邁開前腿，便傳來木頭碎裂的劈啪聲響，她朝後一跳、及時抽開腿，平台上的碎木片崩裂落入寬闊的湖水中，掉進泛著白色泡沫的波浪裡。

木板掉落的地方破了一個大洞，幸運絕望地環顧四周。**眼下似乎無處可去！**

大牙齜牙咧嘴地抵達拱門，結實的身體緊繃著。雷霆轉身面對他、大吼，「你到底想對我們做什麼？」

「你應該知道怎麼做！」大牙回答，「你應該跟我加入猛犬狗幫。理智點——你不屬於這群雜種狗！」

幸運望著眼前這隻幼犬，只見他的頭緊繃地前後晃動。大牙儘管寡不敵眾，但這情勢不會持續太久。此時已經傳來猛犬狗幫的吠叫聲，距離並不遠——他們還要多久才會抵達？

「快呀，我的好姐妹，你還在等什麼？」大牙挺起胸膛、露出牙齒，幸運知道，儘管他再怎麼威脅雷霆都不會傷害她。大牙的語氣透出一絲懇求，「你最好自願加入猛犬狗幫，刀鋒見到你並非出於自願，肯定不會原諒你。」

雷霆直直盯著他的眼睛，「要是你膽敢動我的同伴一根寒毛，我可不會原諒你。你們任何一隻狗敢傷害瑪莎、幸運或是其他同伴，我會親自對付他們、扯光他們臉上的毛、挖出他們的眼睛給海鳥當作食物。他們將死無葬身之地、不被地犬接納、等著屍體腐爛。牢記我的話，大牙——我會奮戰到最後一刻，直到最後一隻猛犬倒下——那意味著包括我在內。」

幸運渾身發顫，雷霆的這番話顯出她的英勇與決心，然而這番夾帶著暴力威脅的話語卻讓他寒毛直豎，他一點都不懷疑她話裡的威脅。

大牙張大了嘴、不發一語。他向後張望，然後轉回來看著他的手足。猛犬狗幫的同伴們發出的忿怒吠叫聲愈來愈近，幸運聽見其中夾雜著刀鋒的聲音。

「給我找出那隻幼犬。」她大聲咆哮，「把她帶到我面前來——還有那隻棕毛犬！」

幸運嚇得噤口不語，希望大牙能盡快做出決定。

最後，小猛犬終於做出決定。他無視其他在場狗群，逕自對他的手足說，「快逃！」他拉高音量，「我會設法拖延他們。但我希望你能明白，我之所以這麼做，是因爲我還不想放棄你，你得投靠屬於你的眞正家族。」

雷霆低頭，她的表情溫和許多，「謝謝你。」

猛犬狗幫的成員們幾乎集結到小鎭邊。「往這邊去！」幸運大喊道。他退了幾步，不去想腳底下的水有多深，他躍過破碎的木板，月亮、貝拉毫不費力地跟著躍過，接著是瑪莎，她遠遠躍過木板間的破洞。雷霆的腿比起其他同伴還要短，但是她毫不猶豫地跟著向前一跳，她的後腿撞上緊鄰破洞的木板，掙扎了一下便迅速恢復平衡，追隨她的同伴，跳往破洞的另一邊平台。幸運慶幸這次沒有更瘦小的同伴，他懷疑陽光或是懷恩是否有辦法通過。

幸運趕緊衝往沿著木製平台搭建的低矮建築。「這裡！」他大喊著跳往擺放了呼啦圈跟球的架子。月亮、貝拉和雷霆跟著他跳往架子再彈進屋內。瑪莎的姿勢顯得較不優雅，她的後腿懸在架子外，過一會兒才爬上來，重重摔落在一堆塡充玩具上。狗兒們笨手笨腳地埋進玩具堆裡，幸運屏住呼吸、豎起耳朵。

「那隻雜種狗上哪兒去了？」刀鋒的音量變大了——想必是已經來到木頭平台的拱門入口。

「他們不在這裡。」大牙回應，「我看見他們越過沙地，奔往河邊。」只見刀鋒拉高音量，「那就跟往河邊啊！你腦袋有問題嗎，爲什麼不去追他們？」

大牙發出尖銳的哀號聲，幸運縮了一下——刀鋒肯定狠咬他一口。

「抱歉，刀鋒！」小猛犬哀求道。

「你很抱歉？」刀鋒咆哮。

空氣中連續傳來幾聲吠叫，猛犬狗幫的其他成員想必全都集結在那裡。幸運不敢想像大牙如何被其他猛犬包圍並朝他逼近。他告訴自己，這是小猛犬的選擇，但他不免對他寄予同情。

「他們相隔了一段距離。」大牙急忙解釋，「下次我不會再讓他們逃走。」

「最好下不為例！」另一個聲音接著說，幸運認出這是刀鋒的貝塔——棕毛猛犬麥斯的聲音。

雷霆緊緊依偎在幸運身旁，輕輕嗚咽。「大牙不會有事的。」幸運小聲地對她說，儘管他也不太確定。

「算了。」刀鋒咆哮，「這小子不值得我們大費周章，沒用的幼犬應該跟著雜種狗一塊腐爛，今晚他別想吃東西了，飢餓感或許會激起他的戰鬥意志！」猛犬們紛紛贊同，他們跳下平台、退回小鎮，聲音逐漸消失。

幸運鬆了一口氣，這回雖然逃過刀鋒的追捕，但他知道猛犬狗幫絕對不會就此善罷甘休——肯定會要他們付出代價。

第七章

儘管猛犬們的吠叫聲逐漸消失在充滿鹹味的空氣中，幸運跟同伴始終保持肅靜，直到耳邊傳來的盡是寬闊湖水不斷翻騰的波浪聲。

貝拉從一個兔子形狀的填充玩具中抬起頭，「眞是好險。」她氣喘吁吁，「至少，我們取得了有用的情報。」

「而且不止一件。」幸運附和，「現在我們知道了猛犬的營地位置，還有他們巡邏的路線。」他望著雷霆起身甩動光滑的棕色毛髮。「我們還知道大牙一心想要保護自己的手足，而非一味地效忠刀鋒。或許他還有救。」

雷霆抬起頭、喘著氣、搖起尾巴。

月亮用後腿抓搔脖子後站直身體。「我們絕對不要再踏進這裡！」

幸運嘆口氣，「呃，我們盡可能離這群猛犬遠一點，尋找荒野狗幫的氣味。」其他同伴也都同意他的看法，跟著月亮跳下架子，來到木頭地板。

雷霆蹙眉望著天空。

幸運舔舔她的耳朵，「怎麼回事？」

她轉身望向幸運，「天色逐漸變黑，太陽之犬剛剛不是還在天空的正中央？祂今天爲何匆忙離開？」

她的這番話讓幸運感到驚訝。難道她對季節更替一無所知？他得提醒自己，儘管她的勇氣與靈活度稱得上是隻經驗老道的狗，不過雷霆畢竟還是一隻幼犬，尚未經歷過季節的交替，因此她不知道白晝變短的道理。

「當天氣變得寒冷，太陽之犬就不會在外頭待得太久。」他開始對幼犬解釋，「祂寧可多休息且待在溫暖的地方，所以不會在天空待太久。這個季節稱爲冰雪冬季。當天氣變得溫暖、植物冒出嫩芽，太陽之犬的心情大好，我們便稱這個季節是春暖花開。歷經了春暖花開的季節後，太陽之犬待在天空的時間跟著拉長；天氣變得炎熱，似乎永無止盡——這個季節便稱爲漫漫夏季。」

雷霆睜大了眼，「漫漫夏季之後呢？」

幸運舔了舔她的鼻子，「漫漫夏季之後，緊跟著是楓紅秋天。樹葉開始飄落、白晝縮短、氣候涼爽，接著逐漸轉變爲冰雪冬季。」

他們繞過小鎮邊緣、登上沙丘，蹲低身子躲避寒風，直到再次嗅聞到荒野狗幫的氣味。

「我們應該沿著沙地走。」月亮提議，「儘管沙地難走，但猛犬不會因此跟著我們走到這，至少我們能夠重新尋回荒野狗幫的氣味。」

狗群沒有任何異議地登上沙丘，抓扒著沙丘間的長草以免滑落。幸運回頭張望，看見小鎮位在山腳一邊，另一邊則有河水穿過，在他們正後方的則是橫過寬闊湖水的木頭平台。

幸運找到了荒野狗幫的氣味，從中清楚辨別出同伴們的味道，艾爾帕、春天和甜心……內心不禁充滿喜悅。**現在想越過這片領地已經太慢了，加上天色漸暗，肯定能找到更容易的方式**。他穩步向前、掃視眼前的一片沙地。他們在突起的白色卵石上休息，幸運搖著尾巴衝向狗群。卵石上突出一條宛如沙地上的橋般的石徑。

「站到這上頭來！」他大喊道，岩石上頭形成自然的落腳處，但是石頭邊緣十分銳利，幸運攀爬時不禁覺得腳底發疼。狗兒們氣喘吁吁地依序向上攀爬。幸運觀察雷霆是否疲憊不堪，幼犬得壓低身子、拚命邁開步伐才有辦法跟上同伴們的腳步。她咬緊牙根、專注地攀爬，完全沒有任何抱怨。

幸運跟貝拉率先抵達岩脈頂端，月亮和瑪莎則緊跟在後，雷霆殿後。狗群們調整呼吸、回頭望向小鎮。從這個方向望去，小鎮似乎變得更加渺小，一點都不像幸運、貝拉和瑪莎曾經認識的城市。

幸運瞇眼望向遠處街道，「那地方此時陷入一片漆黑。」

「因為太陽之犬睡覺去啦。」雷霆說。

「是啊，不過城市從前不是這副模樣。」貝拉說明，「大咆哮發生前不是這個樣子。」

小猛犬斜著頭，目光越過貝拉，望向腳底的小鎮，「城市裡的太陽之犬不睡覺？」

貝拉舔舔前腿，「他也會睡覺，只不過那個地方總是有光，長爪們老點著小小的火光。」

月亮環顧四周，露出尖牙，「真是一群危險的傢伙。」

瑪莎似乎想要為此辯解，「那些不是真的火，很安全的，是燈泡發出的光芒，不會發熱。」

「為什麼如此？」雷霆問。

貝拉抽動耳朵，「我猜他們不喜歡黑暗。」

幸運邊聽邊留意到岩脈蜿蜒向上，俯瞰寬闊的湖水。**這裡是懸崖……**

他沿著狹窄的小徑，攀登到懸崖頂端，屏住呼吸。太陽之犬落入水面之下，琥珀色的尾巴搭在水面上，巨大的漣漪閃爍著銀色光芒。幸運望向波光粼粼的水面，近處的岸邊連接著平坦的沙灘，迎向吹拂過小鎮的風，放眼望去，湖水一望無際。**流向遠處的岸邊……**

貝拉跟著攀上懸崖頂端來到幸運身邊，「真是不可思議。」其他同伴聽見她的讚嘆，紛紛攀上來，凝望眼前這幕奇景。

幸運緩緩點頭，波光粼粼的浪花不斷朝向視野盡頭翻滾而去，太陽之犬沉入天空之下。

從這裡看不到盡頭。

「這片湖眞是一望無際。」雷霆嘆口氣。

瑪莎氣喘如牛地跟了上來，「而且還會移動。」

「移動？」貝拉蹙緊眉頭。

「我們剛才在岸邊時，湖水只到小鎮邊緣，而且在木頭平台之下。你看現在水面到哪了。」

幸運瞇眼，眼前這隻深諳水性的狗沒說錯！海浪沿著岸邊褪去，留下一大段潮溼的黑色淤泥。

月亮渾身發顫地望著小鎮。「至少，擺脫了猛犬，我們必須重返湖邊，我聞到荒野狗幫的氣味。根據我的推測——他們應該也是沿著河邊，循著相同路徑前進，看到小鎮後，從湖邊轉向、越過沙丘，弄清楚路線後，再循水路而去。」

幸運佩服地望著月亮，他嗅聞空氣，荒野狗幫的氣味在他們之下，越過長爪的聚落，從河岸邊竄出。

狗兒們小心翼翼地沿著石堆和沙土下坡，繞過小鎮。幸運回頭張望，只見頹圮建築的殘破輪廓。猛犬們正安然無恙地躲藏在破落的街裡道。

隨著荒野狗幫的氣味愈來愈強烈，幸運和貝拉的腳步愈是雀躍。月亮搖著尾巴滑下難以站穩腳步的沙丘。「我聞到了甲蟲跟荊棘的氣味！」她大喊道，「往這邊走！」

其他同伴趕緊跟上腳步，朝向寬闊湖水的岸邊迂迴前進。幸運停下腳步，望著瑪莎和雷霆越過他身邊。天空變得昏暗，太陽之犬的琥珀色光芒沒入水中，只留下水面的粼粼波光。如同瑪莎先前指出，湖面變得更加廣闊，然而波浪依舊毫不停息地拍打著岸邊的陡坡。湖水永不止息。

幸運眞希望自己跟浪濤一樣強壯，他的腳底疲憊得發疼、眼皮變得沉重。不知雷霆作何感想？「陽光此時已消失無蹤。」他凝望著翻騰的浪花說，「看來今晚沒辦法跟他們會合了。」

「我們辦得到。」月亮回應，她搖著尾巴奔向嶙峋的石頭。「只要再走上一段路！」她在同伴間來回穿梭、嗅聞地面，其他同伴緊跟在她身後。

狗兒們用盡最後一絲力氣，在岩石間穿梭，來到堆滿厚厚淤泥的沙岸邊。幾乎看不清地平線上的湖面。幾乎接近圓滿的月亮之犬，此時高掛在天空凝望著狗群，但是映照在沙地上的月光卻昏暗不清。

「幸運說得對。」貝拉開口，「我們應該找個地方歇息，明天早上再繼續趕路。到時再去跟荒野狗幫會合。」她沿著溼濡的沙地行走，沙地上突出另一個白色岩脈，「看樣子這裡有個洞穴，那裡應該較爲乾燥、溫暖。」

月亮尾巴下垂地望向沙地，「我想天色已晚，我們別在不熟悉的環境中趕路也好，等到天亮再上路也不遲。」她跟在貝拉身後，朝洞穴走去。

瑪莎和幸運也跟了上去，雷霆卻裹足不前，她的黑色眼瞳閃閃發亮。「你們確定我們要進入洞穴？」她問，「洞穴裡說不定藏著其他動物，我們待在沙地上不是安全多了？我們可以在這些矮樹叢下找到避難處。」

貝拉一臉不耐地轉身望向她，「成熟點！我們全都又累又凍，可能會在外頭凍死。你難道還沒學會怎麼在荒野中求生？」

「別理她！」瑪莎咆哮，她的身影在褪去的光影中顯得更像是個移動的巨石，而不是一隻狗。「雷霆說的有道理！我們不知道洞穴裡藏著什麼，說不定會讓我們陷入危險之中。巨毛怪不也都住在洞穴裡？」

幸運突然覺得呼吸急促，他想起跟艾爾帕在森林中追蹤小猛犬的下落時，曾遭遇這隻兇猛可怕的野獸。巨毛怪是否還住在洞穴裡？幸運不禁蹙緊眉頭，慢慢朝洞穴走去。在距離森林這麼遠後，他無法想像巨毛怪會出現在這裡。

雷霆緊貼瑪莎的身體，在寒風中渾身發顫。幸運仔細嗅聞洞穴，洞穴並不比小鎮旁木頭平台上的建築物大多少。腳底滿布砂礫。很好，到處都是沙礫……他希望洞穴裡有可以取暖的東西，像是漂流木或落葉。

他沿著洞穴外緩緩繞行一圈。洞穴其中一邊連接突起的高地，背後緊靠著岩石區。幸運嗅聞這個區域，發現可以從溼濡的殘堆瓦礫中隱約聞到寬闊湖水的氣味。他的鼻子被帶有鹹味的氣味跟河邊的雜草搔痛了。

幸運從洞穴口縮回身體，其他同伴們則聚集在入口處，七嘴八舌地發問。

「你對巨毛怪了解多少？」貝拉問，「你是栓鍊犬，大城市裡又見不到巨毛怪。」

「你自己不也是隻栓鍊犬。」瑪莎指出，「雖然稱不上是這方面的專家，雷霆確實**親眼見過**巨毛怪。」

「那又怎樣？這並不代表她就對巨毛怪瞭若指掌！」貝拉用腳掌拍拍沙地，「洞穴裡什麼都沒有。」

「洞穴應該很安全。」幸運確定，希望這點足以阻止其他同伴繼續爭辯，「雖然不夠理想，但至少洞穴內空無一物、乾燥，不會受到寒風侵襲。」

「我早說吧！」貝拉大發牢騷，倏地轉身走進洞穴。其他同伴默默跟進，各自選擇其中一個角落歇腳，瑪莎跟雷霆則緊緊地相互依偎。

幸運選擇洞穴內地勢較高的一處休息，這裡距離入口最遠。他低下頭、貼在地面上。這裡雖然跟寬闊湖水的岸邊相隔一段距離，但永無止息的浪濤聲卻讓他輾轉難眠。他用腳掌掩住耳朵試圖遮蔽聲音，浪濤聲卻淹沒同伴們的鼾聲。幸運想起了大嗥叫的儀式，不過已經太遲了。也許這個儀式可以讓他們不會感到如此孤單無依……

當他闔上雙眼時，幸運感覺到貝拉依偎在他身邊睡去，他也跟著放鬆。過了一會兒，月亮也走近、舒服地蜷縮在幸運另一側。瑪莎與雷霆跟著聚攏過來，狗群全都相互簇擁著。幸運感覺到同伴身體散發出的溫暖與舒適，想起大咆哮那天晚上跟甜心躲在矮樹叢下方相互依偎的情景，一覺醒來後，發現整個世界全都變了樣。

寒風吹拂過幸運的身體，他冷得渾身發顫，壓低身體、蜷縮在地面上。月亮之犬消失無蹤，天空依稀留下幾顆微亮的星星。他瞇眼望著眼前的一片漆黑，等到眼睛適應了黑暗後，他這才發現自己棲息在黑色的岩石區塊上，一座被湖水包圍的小型石頭島嶼。他試探性地踏出步伐，卻發現自己抖得厲害。這裡的水不流動——已經結成了冰。幸運低頭看見冰面上出現蜘蛛網般的白色圖案。前方天空漆黑一片、烏雲密佈，然而當他抬起頭來時，卻見到了一圈琥珀色的光芒。究竟是太陽之犬升起亦或是其他東西？

他向前踏出一步，將前腳置於冰上，刺痛感更甚於火焰的灼熱，幸運痛苦地哀嚎、抽走腿。他舔了舔腳底，目光凝視著遠方。他依舊看見那道光，只是此刻似乎變得更加遙遠……不知怎的，他覺得自己應該朝那道光去，卻不認爲自己能夠橫越這一大片冰原。他退回黑色岩石，納悶著該如何是好。他獨自被困在這座小島上——冰雪冬季即將到來。

他聽見暴風雪聲了。冰雪正要撕裂這座小島。雪閃動著白色光芒落在岩石上，使岩石變得潔白乾淨。幸運從喉嚨深處發出嗚嗚，目光驚恐地越過肩膀，看見冰雪準備籠罩整座小島，狂風夾帶著寒冷冰雪呼嘯而來，彷彿雪鬼以白色舌頭要吞噬整個世界。

幸運大喊：「貝拉！甜心！」

沒有任何一隻狗回應他。

冰雪就要來了，風的私語和雪的爆裂聲從他的爪間竄流而過。幸運驚恐地看著冰雪凝凍他的腳，灼熱的刺痛感隨之湧現，他的皮毛被覆蓋成白色。他試圖離開，但腿已完全結凍。就連想嚎叫都無法再動作，因爲他的下巴已被冰凝結固定。

黃色的燈光就在遠處消縱即逝！現在只剩寒冷和黑暗。然後，黑暗中傳來狗兒打架的咆哮聲。

幸運睜開眼睛。呆愣了好一會兒才想起，他是睡在無盡的湖附近的洞穴。他可以聽到波浪拍打在岸邊的聲音，不像夢中一樣結凍。周圍的聲音聽起來是午夜夢迴時分。

洞穴看起來比之前還深，連假的月亮都已經消失。幸運冷得發抖，其他成員仍然蜷縮在他周圍，但即使這樣寒意依然無法驅除。他甩動四肢，並注意不要吵醒其他同伴。

我需要甩動一下我的皮毛，月亮之犬曾這樣教我。也許會好過一點。

他開始走向洞口，踩踏在沙地上。寒冷和潮溼的東西刺痛他的腳掌，他嚇得倒退一步！水！無盡的湖水湧進了！明明剛剛大家才從這個洞口進來，現在無盡的湖水已掩蓋來時路！

第八章

不一會兒，狗兒們紛紛醒來。

「怎麼回事？」貝拉說完就跳往洞穴入口，水面淹過她的腳時，她又立刻往回跳，「這些水是哪來的？」

「是寬闊湖水！」幸運拉高音量，「湖水淹過岸邊了。」

另一道水流從入口湧進，不斷地拍打著激起泡沫。洞穴內的地勢較高處立刻形成一座島嶼。狗兒們聚在一起，身上散發的恐懼氣味與空氣中的鹹味相互融合。

月亮的眼睛在黑暗中發出光芒，「水面升得好快！」

「我去瞧瞧。」瑪莎衝向洞穴入口，撲通一聲跳進水裡。她把頭埋入水下，不一會兒就因爲水流過急而浮上來，試著游向岸邊。用力踩了幾下水後，她再度沉入水裡、消失無蹤。幸運跟貝拉交換眼神，等著這隻熟諳水性的英勇狗兒再度浮出水面。雷霆害怕地嗚咽，過了一會兒，瑪莎的頭從晃動的水面冒了出來。

她掙扎著前往洞穴中突出於水面的唯一落腳處，抖著身體、甩動毛髮。「真是冷極了。我們必須對抗水流才出得去，感覺像在推動一道水牆。我從沒遇過這樣的事，我或許游得出去，不過你們就很難說了。」

月亮無法承受這樣的打擊，嚇得大喊，「我們被困住了！被困住了！」她不斷在原地打轉，猛烈地撞了雷霆一下，小猛犬被撞得彈跳起來並發出咆哮。幸運恐慌得心跳加速、寒毛直豎。**湖水實在太過冰冷，而且漆黑一片！**

「我們全都會淹死！」雷霆大叫，「凍死、淹死在水裡！」她轉了一圈，不偏不倚地撞上貝拉，她氣得朝她身上猛咬一口。

如果大家因此失控，恐怕會自相殘殺，幸運心想。**我必須冷靜下來，要逃離這裡，我們就得冷靜下來！**

水流在他們四周不斷地形成漩渦，在微弱的光線下發出銀光、持續拍打著落腳處的邊緣。

「地犬，請救救我們！」月亮哭喊，「幫助我們逃離這個可怕的地方！」

「幹麼向地犬祈禱？」貝拉不滿地斥責，「祂近來對狗兒並不仁慈。你難道祂看不出來對這座小鎮做了什麼？跟我過去所知的城市比起來，這種破壞力根本不算什麼。地犬**引發**了大咆哮，祂奪走了一切——這全都要怪祂！」

幸運一陣畏縮，他無法否認妹妹剛才所說的那番話——地犬引發了許多災難，表現得一點都不像是他們的盟友。但這一切怎會是真的呢？他記得媽媽曾跟他說過，「當我們喪命之後，地犬會帶走我們。在此之前，祂會保護我們、帶給我們力量。祂日夜看顧著我們，在你需要祂的時候，祂便會伸出援手。」當他還是幼犬時跌落動物巢穴內，難道不是地犬庇祐著他，讓他逃過一劫？或許是貝拉錯了？或許不該將大咆哮的發生，怪在地犬的頭上。幸運背對水面，耳邊傳來湖水灌進洞穴的洶湧濤聲，他盡可能不聽這可怕的聲音，而是沿著石頭仔細嗅聞。他試著集中注意力，儘管同伴們不斷哀嚎、呼喊。他的鬍鬚顫動了一下、嘴邊的毛髮刺痛，感覺到一陣微風吹過。**是條通道！**

但這條通道是否足以讓狗兒們順利逃脫？

他向後張望，看見月亮正盯著雷霆，「別責怪雷霆；這不是她的錯！」

「那麼應該怪誰？」月亮憤怒地問，「要不是因為猛犬狗幫的關係，我們說不定已經跟荒野狗幫會合了！但是我們卻沒這麼做，因為我們擔心他們會要回小猛犬，只好設法打探他們的計畫。現在卻被困在這裡！」

雷霆並未替自己辯解，相反的，她縮著頭、發出令人同情的嗚咽，此時水面淹過了突起的高地，狗兒們聚攏在一起，冰冷的水漫過了幸運的腳。

「我們可以想辦法逃出這裡！」幸運說。

這番話讓爭論不休的狗兒們安靜了下來。

「你們仔細聽我說。」幸運說明，「我認爲洞穴深處有個洞口，位置就在這堆石頭後方。我們說不定可以挖開一條通道。」

貝拉的雙眼彷彿閃著光芒，「萬一它最後跟養兔場一樣，是條死路呢？」

幸運心裡也有相同想法，他望著洞穴內持續上升的水面，再度淹過他們的腳邊。不久，這個小高地就會被水淹沒。「我們必須嘗試看看。」

「但水面上升的速度太快了！」貝拉說，「通道肯定十分狹窄，一次只能容納一隻狗兒通過。就算你找到了出路，我們也很可能會跟丟你！」

冰冷的水面不斷拍打著幸運的腳邊，他試著克服恐懼。「我們必須團結。」

月亮豎起耳朵。「我想到辦法了！每隻狗經過通道時，咬住前一隻狗的尾巴，不要用力拉扯、只要輕輕咬住同伴的尾巴。我們直線前進，這樣就不會失去任何一個同伴。」

「好主意！」幸運說。

「我負責殿後。」瑪莎說，「我的毛髮濃密，被水打溼了也不要緊——而且我閉氣的時間也比較長。」

幸運深受感動，他以爲瑪莎跟其他同伴一樣，下意識地想遠離冰水的侵襲，但她稱得上是隻眞正的狗幫之犬，總不忘替同伴著想。「你眞是勇敢。」幸運對她說。「我們很幸運，有你在身邊。」他轉身走向岩石堆，感覺到貝拉的嘴正小心翼翼地咬住他的尾巴。

他向後朝同伴們呼喊，「每隻狗都跟緊了前面的同伴嗎？」

「除了你以外。」貝拉因爲咬住幸運的尾巴，而發出像是蒙著嘴的聲音。

「我有地犬庇佑我。」幸運回應，「她會指引我們一條出路。」

月亮滿懷希望地跟在貝拉後方。幸運的妹妹默不作聲，他知道妹妹心裡也相信神靈之犬站在他們這邊。

「沙子不斷地消失！」瑪莎說，「小高地就要被水淹沒了！」

「大家快站到岩石上！」幸運朝同伴們大喊。他沿著洞穴牆面向石頭走去，來到一塊尖石下方，跳上一條陡峭的通道。四周漆黑一片，幸運卻感到有一陣風吹了進來，他只得摸黑找路。他感覺到貝拉的重量壓在他的尾巴上，聽見她跟著他急奔的腳步聲，以及其他同伴踩在沙地上的聲響。

現在，雖然他們離水面有一段距離，但幸運仍聽得見湖水在洞穴內拍打的聲音，而且水位還在上升。他試著從夾雜著鹹味與同伴們身上傳來的恐懼氣味間，追蹤微風吹拂的方向。

他突然停下腳步，他在黑暗中看見一條岔路。

「快呀！」月亮催促他，「這裡也積水了！」

求求祢，地犬，指引我正確的方向。

「幸運！」月亮的聲音愈來愈急促，催著幸運盡快做出決定。他只能憑藉直覺跳往右邊通道，原以爲這裡會有微風吹過，但現在他並不十分確定。他聽見其他同伴跟上來的腳步聲。

原先腳底所踩的沙地，現在成了溼滑的石頭，幸運滑了一下、踢起連串的小石頭，其中一顆擊中他的前腿，讓他叫得將腳底縮起，一陣血腥味傳來。

「你受傷了嗎？」貝拉問，幸運停下腳步、舔舐腿部的傷口。

「幸運沒事吧？」雷霆的聲音沿著狹窄的走道傳來。

幸運試著放下前腿，如果小心點走，他的傷腿應該還撐得住身體的重量。

「我沒事。」他回答，「大家都到了嗎？」

「是啊！」貝拉說完，暫時鬆開嘴裡咬住的尾巴。

「是的！」月亮跟雷霆異口同聲。

「我也在！」瑪莎小聲說，「水位又變高了……」

「那麼我們得加快腳步。」幸運跛著腳向前走。水淹過他的腳，沿著漆黑的走道快速上升。情況對殿後的雷霆跟瑪莎愈來愈不利。

幸運加緊步伐，盡可能不在溼濡的石頭上打滑，他拖著腳沿著走道前進、嗅聞到新鮮的空氣。不久，水拍打著他的腳、淹過他的腹部。通道突然被一堆崎嶇的石頭阻擋，必須緊急轉向。幸運小心翼翼地越過石頭，感覺到貝拉緊咬住他的尾巴。過了一會兒，她走到了另一頭，咬住幸運尾巴的力道也輕多了。

幸運深吸一口氣。他再度聞到新鮮空氣！幸運邊跳邊划過冰涼的水面。

「救命！」瑪莎大喊，「快停下來！」

幸運的心臟差點停止跳動。**如果瑪莎開口呼救，這意味著她並未咬住雷霆的尾巴——這意味著……噢，不！**

「雷霆在哪裡？」他說。

瑪莎急切地說道：「她的尾巴從我的嘴裡滑落！」

「她沒有咬住我的尾巴。」月亮接著說，「我不知道她的下落，水面現在升得這麼高——她會游泳嗎？」

「你們全都留在原地！」幸運下令。瑪莎大聲吠叫，「安靜！」大家全都怔住。幸運爲了遮掩驚恐而大聲呼喊幼犬。「雷霆？雷霆，你在那裡嗎？」

有那麼一瞬間，幸運只聽見水波拍動與同伴們的喘息聲。接著，傳來一個微弱的聲音。

「我在這裡！我沒事！我的腳打滑、掉進水裡，但我現在沒事了。」

幸運鬆了一口氣，他聽見瑪莎跟月亮幫助幼犬上岸，於是在一旁等候大家重新集合、咬住彼此的尾巴。他仔細嗅聞，試著從刺鼻的鹹味中，分辨出先前聞到的新鮮空氣。**萬一通道在我們下方？我們將難逃溺水的命運。**

「沒事了。」月亮安撫幼犬，「小心踩穩，這樣比較安全。」

「這倒是眞的。」瑪莎附和。

幸運很感動狗群的齊心協力，這給他帶來一絲希望。他重新抬頭、用力嗅聞。聞到了——新鮮空氣的清甜味——儘管只有一瞬間，卻已足夠。

「跟我走！」他向同伴們呼喊後，便登上走道。通道十分陡峭，在石牆間形成漆黑的步道。他們不斷向前走，直到再次遇上岔路。

「現在該走哪一條路？」貝拉氣喘吁吁地問。

幸運豎起耳朵，他聽見寬闊湖水在他們腳底下不斷拍打著洞穴的聲音，但他們似乎已經爬到水淹不到的地方，但卻難以判斷水聲跟他們之間距離多遠。

「地犬，請指引我一條路。」幸運大聲祈禱、尋求指引。

其他同伴也都靜默著，他感覺到他們同樣在等候答案。幸運也是。他看不見任何一道指引方向的光源，感受不到一絲溫暖或氣味。**我必須靠自己決定**，幸運心想，他的鬍鬚抽動了一下。他不想驚擾其他同伴——讓他們覺得自己孤單無依、失去神靈之犬的庇護。**讓大夥團結一致並保持冷靜是最重要的事**。

他清了清喉嚨，「我感覺到神蹟！」他撒了謊，「地犬告訴我……我們應該往這裡走！」他轉身走向左邊的通道並開始攀爬，盡可能不去理會隱隱作痛的前腿。其他夥伴歡欣鼓舞地緊跟在後。

「有了地犬的引導，」月亮喃喃說著，「我們一定會沒事的！」

就連貝拉也像是平靜不少，在舔舐了幸運的尾巴後，才再度咬住。

在岩石堆間穿梭的通道卻愈來愈陡峭。**我們肯定攀上了懸崖**，幸運心想，不知通道將帶他們前往何方。他不敢去想像，要是這條小路帶領他們走到死路，或是難以穿越的狹小通道。他的身體摩擦著石頭牆面，通道間的壁面是否變得狹窄？他的心跳不自覺地撲通亂跳、腿傷愈來愈疼。他停下腳步、舔舐傷口，感到一陣頭暈目眩。他剛才好像聽到了什麼——？不，這裡怎麼可能出現狗兒的叫聲……接著，他又再度聽見，雖然隔了一段距離，但卻十分清楚——石牆的另一面傳來了再清楚不過的聲音。

「安靜！」幸運發出的聲音比他所想的還要銳利。狗兒們全都默不作聲。幸運豎起耳朵。一隻狗在不遠處吠叫，儘管岩壁遮掩住她說話的內容，幸運卻聽出了對方的身分——這個總是讓他爲之神往、期盼再次聽見的聲音。「甜心！」他喃喃喊著。起初，他以爲甜心在呼喊他，不過他想到對方不可能知道……應該還不知道他在這裡。

幸運立刻衝上通道，貝拉一時之間咬不住他的尾巴。他忘了腳上的傷口，在眼前這堆石頭裡找到了一條生路。他的呼吸急促、耳朵間的脈搏跳得厲害。他拚命奔跑，直到腳底所踩的堅硬岩石變成一堆細碎的沙礫。

突然間，幸運就著微光看到自己的腳。通道愈來愈狹窄，最後來到一面土牆前。一道光線穿過牆面，幸運衝上前、拚命挖掘光線來源。貝拉跟月亮忙著將幸運鑿開的土堆送往通道下方。他心裡想的都是甜心細長的臉蛋、光滑的耳朵以及那棕色的大雙眼。最後，他用盡全力挖掘，土牆崩塌，形成一座土堆。

刺眼的陽光穿透黑暗。

第九章

幸運衝出地道，眼前一片塵土飛揚。他滾落在一片草地上，大口呼吸著冰涼的新鮮空氣。貝拉開心地奔過他身邊，雀躍的雷霆跟在她身後，興奮到跑得歪斜扭曲。

「出來了！我們自由了！」雷霆興奮大喊，「幸運，你找到了出路！」

「地犬透過他向我們傳遞訊息！」月亮上氣不接下氣地倒臥在一片陽光下。

瑪莎躺在她的身邊嘆氣，她厚重的毛髮滿是泥土，她來回舔舐了前腿幾次才停下來，在陽光下伸展四肢。「我都不知道新鮮空氣原來這麼清甜。」

貝拉用力甩動毛髮，「就連刺骨寒風也讓人神清氣爽，不管吹來的是什麼風都讓人放鬆。」幸運望著她走回坍塌的通道入口，嗅聞那堆殘存瓦礫。「我想這裡應該曾是狐狸的窩巢，土壤有他們特殊的刺鼻味。」

幸運與她四目相對。他憶起妹妹曾跟一群狐狸打交道，利用他們攻擊荒野狗幫。但那感覺像是許久以前的往事，當時荒野狗幫跟栓鍊犬間水火不容。就算狐狸的氣味，讓貝拉因此想起那段不堪回首的往事，她也不敢表現出來。

幸運伸長前腿撐起自己、環顧四周。他們來到懸崖的最高點，他朝懸崖邊緣靠近時不禁渾身發顫。懸崖是一堆灰色的石頭傾斜堆疊而成。湖水不斷拍打著懸崖邊，揚起白色的水霧。

幸運立刻縮回身體，望向眼前那片朝山谷緩緩傾斜而去、強風吹不到的草地盡頭。那地方生長了低矮的樹木，自從幸運跟同伴們抵達寬闊湖邊後，這是他頭一回看見樹木，樹葉間閃爍著綠色光芒。幸運舔了舔嘴唇，猜測是池塘裡的淡水傳來的新鮮氣味。

這裡看起來有避難處所而且舒適，是狗幫休憩的絕佳營地。而且有樹木、還有松鼠……附近肯定也有其他獵物。

當他嗅聞到荒野狗幫的氣味時，不禁寒毛直豎。他們的氣味近到讓幸運能輕易地從空氣中分辨出——艾爾帕、史奈普、布魯諾、陽光和甜心……接著，他再次聽見甜心的喃喃說話聲。

「荒野狗幫就在山谷間！」他大喊，「我們走吧！」

幸運急衝下坡，腳底踩踏在草地間，興奮地重拾自由。他在林間穿梭，逕自衝向狗幫所在地。甜心就在眼前優雅地舔著腿。他開心地吠叫，卻被一股龐大的重量撲倒在地。

「別動！你是誰？」一個粗啞的熟悉聲咆哮著。

幸運立刻認出這個濃烈的氣味，「布魯諾，是我！」

「幸運？」老狗往後一退，「眞的是你！」他羞愧地舔舔棕色嘴角，「眞是抱歉，我沒聞出你的味道……」

幸運嗅聞自己的腳掌。他的毛髮被土壤、泥巴和鹹水覆蓋，其中還夾雜著狐狸的刺鼻味。**難怪布魯諾沒聞出我**。

「你回來了！」一個高分貝的聲音喊道，小狗興奮地跳到幸運面前，像隻幼犬般用前腿趴躺在地。她身上原本滑順柔軟的毛髮，如今成了骯髒的灰色，還在頭頂糾結成團，被毛髮覆蓋著的身體削瘦不堪。

「陽光？」他的聲音帶著不確定。**她變了不少**……

麥基走到她身邊。「幸運！眞的是你？」農場犬摩摩鼻子，黑白相間的尾巴來回擺盪著。儘管他的雙眼發亮，幸運仍能看見他毛髮下瘦骨嶙峋的身軀。

小黛西跟在麥基後頭蹦跳過來，還有史奈普跟春天也來了。幸運沉浸在同伴間的熱情歡迎中。甜心踩著輕盈的步伐走上前時，大家全都往後一退，只見她垂下狹長的臉。

她蹭了蹭幸運的臉龐，「眞高興見到你……我還以爲……你們遭遇了不測。」

他們四目相對，幸運屏住了呼吸。她還是跟以前一樣漂亮，只是原本纖瘦的體型更加纖細，深色眼瞳下方還多了黑眼圈。**她瘦了許多**，幸運心想，**大家全都骨瘦如柴**……他直視著甜心，渾身毛髮直豎。接著，甜心似乎記起自己身爲貝塔的身分，向後一退、端坐在一旁低矮的樹旁，望著狗幫同伴們興奮地圍在幸運身邊。

麥基高高豎著耳朵，「瑪莎也在！」幸運跟其他同伴們望著黑色大狗走出林間。她看起來更接近原本的模樣，因爲她甩開了厚重毛髮上沾黏的泥土。

雷霆、月亮和貝拉跟在她身後一同走出，大家興奮地發出吠叫。

「媽媽！」荊棘與甲蟲急奔向月亮，臉龐緊緊埋在她胸前，她將幼犬們擁入懷中、舔著他們的耳朵。他們興奮地搖擺尾巴、臀部前後扭動。

「我親愛的孩子們，你們長大不少！」

幸運忍住哽咽難過地垂著耳朵、望著幼犬。

甲蟲挺起胸膛，「眞的？」

荊棘抽離媽媽的身邊，望向林間。「爸爸呢？」

甲蟲低頭、環顧四周，其他同伴則默不作聲。他們嗅聞空氣，尾巴僵硬。

「是啊，費瑞去哪了？」

突然間，狼一般的聲音嚇了幸運一跳，只見艾爾帕走向狗幫。他那長長的口鼻望著月亮，渾身散發出麝香氣味。

月亮立刻垂頭、放低姿態、輕輕嗚咽，難以在孩子跟同伴面前開口。她的模樣看起來像是希望有誰能夠替她說明。

在場沒有任何一隻狗挺身而出，幸運沉重地望向艾爾帕跟其他同伴，他們似乎一臉期待。他深吸了一口氣，**我必須向他們說明……**

「費瑞回到地犬的身邊了。」幸運默默地抽噎了幾下，「我們發現他被身穿黃色毛皮的殘酷長爪抓住了。他們還抓了其他動物，其中有土狼、狐狸和一隻利爪。此外，還有一群兔子。所有的動物全都生病了。」

甜心張口結舌，「他們爲什麼會生病？」

幸運甩甩耳朵，「我不知道。費瑞認爲應該跟他們被長爪餵食綠色的發光河水有關，布魯諾當初也是喝了同樣的水而生病的。」老獵犬憶起過往、輕聲嗚咽，幸運則是緊蹙眉頭，想知道長爪們究竟在盤算什麼。「或許長爪們想要知道河水乾不乾淨、能不能喝。但這根本不可能，因爲費瑞的身體一向強壯……」幸運一陣哽咽，他闔上眼，想起這位勇猛的戰士曾經是多麼地英姿煥發——這一切都發生在長爪囚禁他之前。他實在不忍回憶，這隻強壯的狗在生命結束前是多麼羸弱。「我們救出了費瑞跟其他動物，但是已經太晚了。費瑞被救出當時已經病入膏肓，從他的雙眼就看得出來他病得有多重，後來他在途中過世。」幸運難過得鬍鬚顫動，短暫陷入沉默，無法繼續說。

荊棘抬高頭，悲傷地嚎叫。她的哥哥甲蟲則趴躺在地，把頭枕在腿上、雙眼望著遠方。「長爪為何這麼做？」他仰天長歎。

艾爾帕緩緩搖頭。「很遺憾失去費瑞這樣英勇且忠心的同伴，他這一生堪稱狗幫最佳典範，我們將懷念著他。」史奈普與春天低頭嗚咽，黛西則望著自己的腳。幸運抽動鬍鬚。然而，艾爾帕的聲音卻一點都不真誠——不過是虛假地致哀。幸運望著狼犬的臉龐，他那冰冷的黃色眼瞳不帶一絲情感。**他不可能真如他所說的難過。如果費瑞當真活著回來，他將挑戰艾爾帕在狗幫的地位。**

艾爾帕瞥見幸運的目光，其中一耳朝後豎起，濃密的灰尾巴變得僵硬。

「我們還遭遇了其他事。」幸運急切地說。

狼犬端坐一旁，開始舔起他的前腿，絲毫不見任何悲傷的情緒。「繼續說。」

幸運壓抑內心的憤怒。**他對費瑞的關心僅止於此。**

貝拉短暫與幸運交換眼神，他猜她也在想著同樣的事。的確，狗幫的所有同伴們全都注意聽著，費瑞的死除了讓艾爾帕鬆了一口氣外，別期待他會感到難過或悲傷。幸運清了清灼熱的喉嚨。「我們救出費瑞跟其他動物後，遭遇上無懼的狗幫。」

陽光驚呼，她的黑色眼瞳閃爍著光芒。

史奈普抬頭，「發生了什麼事？」粗硬毛髮下的頸背高聳。

幸運納悶應該對狗幫透露多少訊息。無懼現在已經死了、荒野狗幫不再受到威脅。「我們發生了一場打鬥，無懼最後喪命。當時他發狂又凶狠，下令他的狗幫跟我們對戰。我們沒得選擇，只得迎戰。」

月亮渾身發顫地靜靜說著：「無懼遭遇一場連他自己都無法想像的攻擊。」

艾爾帕放下前腿，耳朵向後豎起。「這是什麼時候發生的事？」

幸運開始在同伴間穿梭。「在我們抵達寬闊湖水之前，但是現在沒什麼好擔心的，無懼已經喪命。」幸運想要甩開雷霆踩在那隻血流不止的瘋狗身上的畫面。「他要是活著，勢必會命令狗幫到處發動攻擊，現在少了他帶領的狗幫，將不再構成威脅。」

春天甩動她長長的黑色耳朵、走上前。「崔奇呢？他不是加入了那個狗幫嗎？他沒事吧？」她的黑色眼睛睜得好大，小心翼翼地搖著尾巴。

幸運停下腳步、望著她。「他身強體壯，好得很。」幸運向她保證。

「無懼對我們發動攻擊時，他幫了我們大忙。」月亮接著說，「他跟我們站在同一個陣線。」

春天開始擺動尾巴。接著，她望向月亮，再看看幸運、貝拉、瑪莎和雷霆。「那他怎麼沒跟你們一起回來？」

貝拉搖頭，「他選擇跟他的新狗幫在一起。」她停了下來，露出體諒的神情。「他現在成了新狗幫的艾爾帕。」

大家聽到這個消息，都七嘴八舌地討論著，春天不可思議地睜大眼，「他現在成了狗幫的艾爾帕？」

纖瘦的棕白獵犬達特，舔舔黑色的鼻子，「怎麼可能……」她與春天四目相對後羞赧地抽回目光。「他離開荒野狗幫時受了重傷，我們都以爲……我很高興他辦到了，眞心替他高興，但是當上艾爾帕？」

「他是隻了不起的狗。」幸運說，「他也向我證明了這點。勇氣擁有各種不同面貌，你不必成爲其他人，也能夠在這個世界立足。」

「我的手足竟成了艾爾帕！」春天不敢置信。

幸運點點他那長滿金色毛髮的頭，「無懼的狗幫都很敬重他，春天。他會成爲優秀的艾爾帕。他是個偉大的戰士，既公允又誠懇。若不是他，我們也擊敗不了無懼。」

狗幫的成員們無不對他大加讚揚。幸運豎起耳朵，好似聽見一聲低沉的咆哮。他環顧四周，見到艾爾帕抽動著嘴唇，露出一顆長長的尖牙。**其他同伴或許沒注意到，但我能夠看穿狼犬的心思。我不能信任他……**

「崔奇在小鎭發現我們時，我很遺憾沒有對他友善點。」春天說到這裡時，棕黑色的尾巴低垂著。「我眞是替他感到驕傲。希望他待在新狗幫會快樂點，盼望有天能再見面。」

獵犬達特走到春天身邊，舔了舔同伴的鼻子說：「你們一定會再相見的。」

「崔奇竟然能夠領導狗幫。」史奈普搖著短尾巴、一副不可置信的模樣，「眞是不可思議！」

「你們對這隻三條腿的狗，稱讚夠了沒！」艾爾帕大聲喝斥，嘴裡可怕的尖牙閃著光芒。「誰在乎那個雜牌軍狗幫？」史奈普與其他同伴噤聲不語。只有荊棘不予理會，幼犬悲慟的嚎叫逐漸轉為悲傷的嗚咽，月亮舔舔她的耳朵試著安撫她。此刻，狗幫陷入了一片寂靜，荊棘的嗚咽迴盪在寒冷的空氣中。幸運不忍聽見這讓人同情的聲音。

就算狼犬因為荊棘的哭聲而感到難過，他也不會表現出來。他無視幼犬的悲慟，望向幸運，「還有其他事要說嗎？」

幸運別無選擇，沒辦法先安慰荊棘。「你們沿著湖岸邊前進時，肯定見到了長爪的小城鎮。」

「我們看見了，所以避開。」艾爾帕的回答，證實了月亮對狗幫「選擇繞過長爪的聚落，而不敢靠近」的推測沒有錯。

幸運點點頭。「我們為了爭取時間追趕上荒野狗幫，穿越了小鎮而有意外發現——猛犬狗幫的新營地。」

這番話立刻令狗幫陷入騷動——幸運聞到恐懼的氣味。艾爾帕頸背高聳、黃色眼睛睜得又圓又大。「他們的營地在小鎮裡？我就知道，所以才避開！」

「他們在中間的大型建築物內，建立全新的營地。」

有著小獅子鼻的矮胖懷恩甩動著滿臉皺紋的臉龐。「眞是一場災難！猛犬狗幫就在附近！」

達特害怕地吠叫。

幸運看見春天渾身緊繃、頸背高聳。「相反的，」他試圖安撫狗群的情緒，「這是個好消息。至少我們知道他們的下落、在哪裡落腳。他們並未發現我們的蹤影，所以不會來追捕我們。只要別靠近小鎮，就不會有事。」

「我們沒事幹嘛靠近？」艾爾帕一臉不屑。

「就算你們賞我玩具骨頭，我也不會靠近小鎮一步！」陽光大聲嚷嚷，她的黑色眼瞳依舊閃爍著光芒。

幸運用鼻子蹭了蹭她，「我們絕不會讓你有機會靠近那裡。」

陽光用力甩動著尾巴，「呃，這麼一來應該不會有事。」

艾爾帕伸展長腿、舉起腳掌，「如果沒別的事……」他準備離開。

幸運轉身望向雷霆，抬高頭表現出堅定的模樣。「還有一件事，這隻叫做恬恬的幼犬已經成年！她的牙齒全長齊了，而且在很多方面協助隊友、忠心耿耿且全心奉獻，跟其他成犬一樣貢獻一己之力。」

雷霆驕傲地端坐一旁，舌頭從棕黃色的口鼻露出。

艾爾帕突然怔住，立刻轉身。

幸運繼續說：「我們在幾天前替她舉行了命名儀式，她選擇雷霆作爲她的名字。」

在場的狗群莫不發出驚呼，目光從幸運移向小猛犬。

善良的史奈普率先搖著尾巴、走向幼犬，「恭喜你，雷霆。」

春天見狀也跟著走去，「歡迎加入狗幫，雷霆。」

「歡迎你，雷霆。」麥基與布魯諾跟著加入恭賀的行列。

艾爾帕怒吼，「立刻住嘴！」大夥嚇得退縮，雷霆也嚇了一跳，一對小耳朵平貼在頭的兩側。狼犬直盯著幸運，然後將目光移往救援小隊的成員們：貝拉、瑪莎和月亮。只對雷霆視而不見，好像幼犬跟這件事一點關係也沒有。幸運胸中充滿怒火。

艾爾帕怒瞪著他們，「你們沒有經過我的允許，竟然私自舉行命名儀式？」

月亮戒愼恐懼地移開目光，「你不在場，艾爾帕，命名儀式的舉行理所當然，雷霆奮力保護我們不受無懼攻擊。她不只忠心且英勇，值得這一切。」

「理所當然？」艾爾帕語氣輕蔑，「誰准你講話了，農場犬？」他朝月亮露出尖牙，她嚇得退後。甲蟲與荊棘害怕得用尾巴繞往身體，噤口不語。

幸運沉默地抽動著嘴唇。**剛才哀悼費瑞的同情心哪裡去了**？這才沒多久，狼犬就露出了殘酷的本性。

艾爾帕傲慢地甩甩毛髮。「命名儀式少了我的認可，等同無效！儀式沒有依程序舉行，不算數。」最後他藐視地望向雷霆，讓小猛犬縮了一下。艾爾帕仍盯著幼犬，他昭告在場狗幫成員。「一切照舊。這隻幼犬的身分並未改變——仍是隻具野性且不受教的小猛犬。你們如果要稱呼她的話，就繼續喊她原來的名字。」

「艾爾帕，請你講講道理。」瑪莎走到雷霆身邊。

「我就說到這裡。」狼犬咆哮。

瑪莎難過地低頭舔舔雷霆的頭。趴躺在地的小猛犬，看起來打擊不小。偶爾傳來幾聲狗幫成員的交談聲，但是沒有任何一隻狗膽敢挑戰艾爾帕的決定。

幸運滿腔怒火、喉嚨發燙地端坐一旁。雷霆當初挑選這個名字，雖然造成他的不安，但她有權選擇自己的名字。**眼下說什麼都沒有用，艾爾帕只會當成**

把雷霆逐出狗幫的藉口，而他老早就想這麼做了。但是他仍打心底希望，有誰可以挑戰艾爾帕。他環顧四周，納悶在場有誰能取代費瑞，挑戰他在狗幫的地位。他的目光停在甜心身上，她卻只是默默地凝視著眼前的一切。

她的身形雖然比從前更加瘦削，但她結實的身體看起來還是很強壯、保持警戒的目光炯炯有神。**他是否能夠說服她放棄貝塔的地位**？幸運納悶。如果她提出挑戰領袖的意願，狼犬勢必得被迫接受挑戰。甜心跟艾爾帕將展開一場大戰。**她是否能夠擊敗艾爾帕**？

艾爾帕轉身離去、緩緩走進樹叢，會議宣告結束。

緊繃的氣氛凝結著。陽光跳到幸運跟其他同伴身邊，喘吁吁地說，「我很高興能再見到你們！」幸運低頭望著她歡喜的臉龐，心情立刻好轉。一根小樹枝掛在她的下巴，但她似乎一點都沒發現。看樣子她仍在歐米茄的位置上，這個角色似乎挺適合她的。「跟我來，我帶你們到新池塘去，你們可以在那裡喝水或清洗身上的塵土。」

幸運感激地請陽光帶路。但是當他轉身回望時，他見到艾爾帕在樹叢間停下腳步，儘管只能見到黑影，但幸運知道狼犬正瞇著眼望著他們。幸運感到一陣不安。**艾爾帕大概正在算計**，幸運心想。**我肯定不會喜歡他的新計畫**。

第十章

幸運踏進池塘，洗去毛髮上沾黏的塵土與髒污，一點也不在意池水冰冷。他望著瑪莎和雷霆在戲水，感謝仁慈的大狗對小猛犬的打氣。

他也順道感謝河水之犬。**感謝河水之犬賜予我們乾淨的水，撫慰我們的心。**

貝拉游到他身邊，用前腿拍打他的肩膀。「我眞替你感到驕傲，哥哥。」

「眞的？」幸運忍不住在淺水中搖著尾巴。

「眞的很佩服你，竟然能帶領我們走出洞穴，只要一走錯路，我們恐怕都會淹死。你眞是果決……加上有地犬的協助！」

幸運輕咬她的鼻子，「別逗我了！」

「我沒有逗你。」貝拉也咬住他的鼻子，「呃，是有那麼一點啦！」

他傾身靠近她，「說眞的，我眞的不知道該往哪裡走。我說地犬傳遞訊息給我，不過是為了安慰你們。沒人給我任何指示，只是恰巧猜對。」

「我知道。」貝拉喃喃說道，「但是在緊要關頭時，就連我也受到那番話的鼓舞。不論是否跟地犬有關，你都跟自己內在的狗靈溝通了。」

幸運從眼角餘光看見月亮，她正爬出池塘、迎向甲蟲與荊棘。「你不認為我說謊，是錯的嗎？」

「不，你沒做錯。地犬一直保護著我們。我確信她會原諒你的善意謊言！」

甜心待在池塘邊等候幸運，沾了露珠的長雜草閃爍著光芒，空氣聞起來格外清新怡人。幸運小鹿亂撞地走到甜心身邊。

「很高興見到你回來。」她輕聲說。

幸運點點頭，「我也很高興能回來，這地方作為營地似乎不錯。」

「或許吧……」甜心回頭透過樹叢望向寬闊湖水。「我想要找你聊聊猛犬的事——他們在哪裡落腳、還有巡邏路線。不過這些可以晚點再談，你現在應該好好休息，你肯定累壞了。」她棕色的眼瞳散發著溫柔的光芒。

幸運甩動濡溼的毛髮，倒臥在陽光映照的草地上，頭頂有樹木可以阻擋寒風侵襲。他闔上眼、嘆口氣，腦中浮現快腿犬像是有話要說的臉龐。

也許在這裡遇上冰雪冬季，不全然是件壞事。

突然有聲音傳來，他倏地睜開眼。瑪莎朝這裡走近、雷霆開心地跟在她身邊。他們選在幸運身邊坐下，三隻狗望著眼前的狗幫成員們各自忙著自己的事。黛西、達特跟春天忙著巡邏；布魯諾、麥基跟史奈普則組成了狩獵小隊。獵犬們經過他們身邊時，向幸運和身邊的同伴打了聲招呼。

麥基搖著尾巴，「很高興見到你回來，幸運。還有你瑪莎跟……呃……雷霆。」他小聲地說出雷霆的名字後偷偷向後張望。

「是啊，眞的很高興見到你。」史奈普也上前打招呼，「雷霆，你長大了不少。」她不像麥基，史奈普不但大聲喊出猛犬的名字，而且一點也不覺得有什麼不對。雷霆吐出舌頭、搖著尾巴，顯然很高興聽到這番話。

幸運若有所思。**他們竟敢公然違抗艾爾帕，難道他的領導變鬆散了**？

等到獵犬們跟巡邏小隊離開後，雷霆轉身望向幸運跟瑪莎。

「他們喜歡我的名字，認爲我應該使用新名字！」她開心地說。

瑪莎一臉擔憂，「艾爾帕說過，命名儀式不算數。」

「但史奈普也是荒野狗幫名符其實的成員，才不會在乎這些。」雷霆指出，「也許這一點都不重要。艾爾帕對命名儀式瞭解多少？他根本稱不上是隻血統純正的狗！」

幸運的胃一陣翻攪、環顧四周。萬一這番話被聽見了，該怎麼辦？這番話足以讓她被逐出狗幫。「當心點，小傢伙。」他小聲提醒她，「你不會想惹毛艾爾帕。」

「我已經惹毛他了。」雷霆沉下臉，「或許應該說他不該惹毛我。」

等到狗幫成員在林間空地集合時，太陽之犬已經西下。幸運舔舔下巴，滿心期待地望著自己的那份獵物。

待獵犬們各自在狗幫的位置就定位後，幸運留意到他們並未露出喜悅的神情。站在幸運身邊的布魯諾，耳朵向後服貼；麥基則低著頭，連尾巴都提不起勁。幸運後來才弄清楚是怎麼一回事。陽光帶回來的食物少得可憐，只有兩隻老鼠和瘦削的鴿子。幸運看見狗群露出飢腸轆轆的神情，眼睛直盯著眼前的獵物瞧。狗兒們心裡想的應該是同一件事，**這些獵物根本填不飽肚子……**

「就只有這些可吃？」他小聲問麥基。

農場犬一臉悶悶不樂，「今天就只找到這些，現在正值冰雪冬季——食物短缺得很。」

艾爾帕走向獵物時，陽光趕緊站到懷恩身邊，只見艾爾帕短暫嗅聞後，狼吞虎嚥地將老鼠吞下肚。**僅有的兩隻老鼠**。

幸運厭惡地望著眼前這一幕，狼犬幾乎沒留下什麼食物給狗幫成員享用。骨瘦如柴的鴿子根本不夠吃。他看著同伴們依序享用各自的食物。艾爾帕站在一旁觀看，之後舔了舔腳掌便轉身離開。

等輪到陽光享用時，鴿肉已經所剩無幾。歐米茄啃噬著僅剩的鴿肉、吸吮著細瘦的骨頭。

幸運走到她身邊，「你每天都是這樣過？」

「不是每天……」陽光咬起骨頭，用力將它咬碎，「但是情況愈來愈糟。現在正值冰雪冬季，你也知道。根本就捉不到什麼獵物。」

幸運蹙緊眉頭。此刻他貼近在陽光身邊，瞧見她那濃密的灰色毛髮底下瘦骨嶙峋的身體，「不過食物的份量應該公平分配才對。」

「狗幫的運作方式就是如此。」她嘆口氣，「事情本該如此。」她的目光飄向遙望山谷、依舊舔舐著腳掌的艾爾帕。她壓低聲音繼續說，「有時候……我眞想回到長爪的家，每天有兩大碗食物等著我，還有溫暖的巢穴。」她甩甩毛髮，「不，我眞蠢。我現在可是狗幫成員。」她強顏歡笑地說，「我只希望你明天可以捕捉到許多美味的食物！」

又圓又大的月亮之犬升上天空。

艾爾帕站起身，「感謝地犬的慷慨賜予。」

慷慨？幸運心想，但他知道自己最好少開口。艾爾帕正在引導大嚎叫儀式，幸運跟狗幫其他同伴一樣默不作聲。

當幸運跟著同伴嚎叫時，先前對艾爾帕的不滿全都一掃而空。神靈之犬在他眼前跳躍，這群勇敢、機智的狗兒們對萬物瞭若指掌，與大地、天空和水密切連結。幸運在嚎叫聲中感謝森林之犬總是看顧著他，就連草木不生的地方也照應到。他感謝天犬將荒野狗幫的氣味傳遞給救援小隊的成員，讓他們有機會與狗幫會合。最後，他感謝地犬帶領救援小隊成員走出洞穴，還要求地犬照顧死去的費瑞、看顧他的靈魂。

請地犬照顧這隻英勇、高貴的狗。

幸運雖然飢腸轆轆，卻覺得頭變得輕盈。他四肢發顫地低下身子趴躺在地。轉瞬間，眼前所見盡是白燦燦的光芒。接著，他瞥見費瑞奔向山谷、越過林間。當費瑞的影像消失後，幸運突然覺得四周變得好冷，他環顧四周，發現狗幫成員或樹林都不見了。皚皚白雪覆蓋了整片大地，就著月亮之犬的光芒將大地彩繪成銀白色的世界。讓幸運驚訝的是，當他站起身、向後退時，腳底踩踏的地面變得冰凍難耐。刺骨寒風沿著背脊吹拂毛髮，他轉過身，看見大地冰封一片。結冰的河水蜿蜒流過，河面閃爍著銀白色光芒。幸運不自覺地感到嘴邊毛髮發出陣陣刺痛。他嚎叫一聲，見到黑色汙點沿著結冰河水邊緣逐漸放大，嗅聞到血腥味。

他的胃一陣翻攪，鮮血流過河水、滲入白雪。幸運豎起耳朵，聽見腳掌踩踏在冰封地面的聲響，逐漸朝他逼近。他見到遠方有一群狗出現，他們嚎叫、咆哮著越過雪地，光滑的毛髮沾著血跡。猛犬！

幸運身後傳來一聲吠叫，他轉身見到貝拉、甜心跟雷霆。她們齜牙咧嘴地走向猛犬。麥基與瑪莎則緊跟在後，後面還跟著布魯諾、史奈普和黛西。狗幫其他成員上哪兒去了？艾爾帕呢？

猛犬們像是當他不存在般地跑過幸運身旁，逕自朝狗幫同伴奔去。他們拉開陣線，巨大的頭顱往下壓低、嘴邊泛著白沫地咆哮著。荒野狗幫的成員們，寡不敵眾地逐一後退。

「我們被包圍了！」貝拉大喊，「他們的數量太多了！」

月亮阻擋在害怕的幼犬面前，「我們必須逃走！」

老狗布魯諾呼吸急促、渾身發顫，「我們打不過他們的！」

負責發動攻擊的兩隻狗衝向雷霆，將她撲倒在地。幸運心一沉，想衝到雷霆身邊協助她。他聽見巨大的颼颼聲掠過頭頂，不禁閉起雙眼。天空出現一道龍捲風！雲降下一道狂風，颳起覆蓋著地面的雪。狂風將幸運吹得往後翻滾。

「貝拉！雷霆！」他大喊，狂風卻掩蓋了他的聲音。

我無法越過這道風！我幫不了他們！

每當幸運試著要奔向狗幫同伴，白色狂風總將他往後吹、阻止他前進。幸運瞇起雙眼、恐懼地望著眼前這一幕，狗兒們彼此吠叫、撲向對方、瘋狂地彼此撕咬。陽光發出呼喊、黛西害怕地嗚咽。他還見到麥基準備撲向麥斯，卻又被狂風打了回來。攻擊犬猛咬住他的脖子，將他扔向雪地。麥基不斷揮舞著白色腳掌、仰起頭發出刺耳的嚎叫聲。

幸運怕極了，他跑向龍捲風，卻又絕望地被風捲了回來。接著，他的目光落在甜心身上。她正齜牙咧嘴地跟刀鋒廝殺。甜心的身形比猛犬狗幫的領袖還要瘦小，但是動作十分敏捷。兩隻狗兒相互角力、露出尖牙，甜心使勁往後一跳。刀鋒露出尖牙、撲向快腿犬，甜心躲開時正好咬住對方的身體，然後才被甩開。幸運不忍地望著眼前這一幕。甜心向來果斷、勇敢……接著他見到了躲在雪堆後方、淺色毛髮的猛犬短刀，他正在甜心後面鬼鬼祟祟地。

她肯定沒法同時對付兩隻狗，我得去幫她！

幸運費盡力氣往前衝，但是白色龍捲風將他往後一捲，他就像樹葉般地被拋向空中。整個世界像是瞬間被白色龍捲風吞噬了，幸運最後重重地摔落在地。四肢劇烈疼痛、幾乎喘不過氣。他忍不住閉上眼。

風暴之犬……正步步逼近……朝向這裡來！

他睜開雙眼。起初，他只見到頭頂盤旋著一道白色龍捲風。接著，一道黑影愈來愈近——是隻體型接近籠車的巨大黑狗，她的雙眼像雪一樣白，像冰一樣令人不寒而慄。她直盯著幸運，嚇得他直打哆嗦，卻無法移開目光。黑狗的大尖牙又長又利，發出的巨大嚎叫聲讓幸運以爲天空即將因此崩裂。血腥味再度出現，只是這回更加接近，是他身上所流的血。

「幸運？是你嗎？」

尖銳的嚎叫聲中，幸運聽見甜心的呼喚聲，卻怎麼也看不見她。黑狗的身軀變得愈來愈大——寬闊的肩膀幾乎遮住天空。她的尾巴甩開白色龍捲風，直到天空變得漆黑一片。

第十一章

幸運聽見頭頂傳來許多聲音，是天犬……他們是否用銳利的白色眼瞳制止了大狗？他困惑地眨眨眼。不，不是天犬，而是他的狗幫同伴們圍在他身邊，竊竊私語、不斷呼喊。

「他暈過去了……」

「一直躺著……」

「看樣子是病了……」

幸運倏地睜開眼，他的思緒混亂、腦中像有幾隻利爪在纏鬥。喉嚨像被異物哽住，他猙獰著臉吞下異物。

當他再度睜開眼睛時，看見艾爾帕出現在面前。狼犬低下頭，下巴微微上揚。

幸運頭昏眼花地望著他。**振作點，這不過是一場噩夢**。但他爲何在大嚎叫中陷入昏睡？

艾爾帕瞇著黃色眼睛。幸運下意識地將尾巴繞往身體一側。他眨眨眼，望著狗幫同伴們驚訝的臉龐。黛西與麥基交換眼神、懷恩的眼睛從那張扁平的臉龐突了出來。幸運舔舔鼻子。**我失去意識多久了？是否說了夢話？**他羞赧地寒毛直豎。

甜心越過艾爾帕，低頭磨蹭幸運的脖子，「你應該好好休息、恢復精神。」

她身上的氣味讓他放鬆不少，雜亂的思緒也平靜許多。幸運點點頭、緩緩起身。有那麼一刻他覺得腦袋昏沉沉的，待暈眩感過去，他不敢將目光往下移、緩緩走在狗幫同伴之間，小心避開艾爾帕的黃色眼睛。當他離開營地，穿過長長的雜草，繞過林間步向池塘時，沒有誰敢講一句話。

來到池塘邊，耳邊只有風吹過樹葉的沙沙聲。幸運走到水邊，就著月光望著水中倒影。他的耳朵低垂、一臉憔悴。兩隻眼睛空洞無神。

這不正是艾爾帕想要的……我在狗幫成員面前出盡洋相。什麼樣的狗會見到異象——威力大得將他嚇暈過去？為何會發生這樣的事？是因為餓過頭，還

是太累造成？

他轉身走向河岸的草地，趴躺在地。他把下巴枕在前腿上，深深吸了一口氣，讓自己冷靜。

他聽見輕柔的腳步踩過草地的聲音，抬起頭見到了甜心。她纖瘦的身軀映照在月光下，幸運立刻起身。他不能讓她見到他這副疲弱不振又困惑的模樣。他突然覺得頭輕飄飄的，再度趴躺在地。

「你沒事吧？」她語氣輕柔地問，「怎麼回事，幸運？」

她的聲音如此溫柔、體貼，他真想向她吐露剛才發生的事。幸運瞥向漆黑的四周，附近只有他倆。「我今天晚上見到了異象。」

甜心低下頭表示明白。「你不是第一次見到異象，但你從沒像今天這樣。」

幸運吞了吞口水。他向來對她十分坦白——甚至連親妹妹都比不上。「這次格外不同，更加強烈，而且十分真實……」

甜心擔憂地斜倚著頭、坐在他面前。「像是一場噩夢。」

「比噩夢更糟，更像是揮之不去的恐怖記憶——遲遲未發生。」

快腿犬搖搖頭、尾巴拍打著草地。「記憶？遲遲未發生？這根本不可能發生，幸運。」她嘆了口氣，躺在幸運身邊。幸運闔上眼睛一會兒，享受著她的體溫緊貼著他時帶來的溫暖。他還記得在陷阱屋的那段日子，她每天都在擔心害怕。現在的她變得強壯堅強，反倒是他變得軟弱。他眞想貼近她、舔舔她的鼻子，但他卻害羞得畏縮不前。

「我猜想自己的表現並不好。」他倒臥在草地上，含糊不清地向甜心坦白。「我過去總是獨來獨往。你遇見我時，我是隻獨行犬，從未想過自己會加入狗幫。」

「這點我知道，幸運。」

他就著月亮之犬發出的銀色光芒望著甜心，「但事情改變了，我猜自己很高興能加入狗幫，只是沒想到……」

「這很合乎常理……」甜心安慰他。

「或許吧。至少對身爲獨行犬的我來說，有些格格不入。我已經不知道自己究竟是誰。一想到如果不是狗幫的話，我可能無法憑一己之力活過大咆哮，就覺得害怕。我向來自豪於能夠獨自生活，但現在我已經喪失這個能力。大咆哮發生後，我必須仰賴他人才得以存活。這正是世界出現轉變、異象出現的開始。我很高興自己能夠加入狗幫，成爲其中一員，卻也因此造成胸痛。我發現自己開始感到手足無措，就像在狗花園那般。麥基跟我無法放任雷霆和她的手足不顧，但是帶著他倆離開，卻是一切麻煩的開端。」

「這個世界對我們來說出現了轉變。」甜心安撫他，「少了彼此之間的幫助，我們無法存活。若不是你，我根本無法逃出陷阱屋。」

幸運的鬍鬚感動得發顫。

「一切是如此地不確定。」他哽咽著、尾巴羞愧地下垂。「我很害怕。」甜心的鼻子隨著呼吸發顫。**我為何告訴她這些？我應該要保持冷靜、表現出勇敢的模樣。**

他壓低聲音、望著甜心。「甜心，費瑞被長爪抓走前，原本要對艾爾帕提出挑戰、競爭領導者的地位。費瑞會是個優秀的領袖，他不怕面對危險，而且狗幫成員都很喜歡他……他向來公平。」

甜心舔了舔鼻子，緊張地眨眼。「我們不該談論這些。」她輕聲說。

幸運壓低聲音。「但我說的都是事實。」他繼續說。「艾爾帕是個強壯的領袖，但他卻讓狗幫成員彼此對立。階級制度十分殘酷，位處歐米茄這類低下階級的狗，根本分不到食物。陽光總是處在飢餓狀態。我們都是狗幫同伴，應該相互照應。」

甜心嘆氣。「我知道你心裡不好受，不過事情便是如此。這是荒野狗幫的運作方式，在費瑞的領導下一切都不會改變。每隻狗各自扮演自己的角色，維繫狗幫成員間的安定感。」

幸運睜大眼。「但是甜心，事情不該如此，你難道眞的認爲低階狗兒們會覺得安心？他們總是小心翼翼地不去惹惱任何一隻狗，而且總覺得塡不飽肚子。我很擔心陽光，她實在太瘦弱了。就算是高階的狗兒，也得隨時留意是否會惹惱艾爾帕。如果每隻狗各自扮演著自己的角色，難道不該得到應得的一份食物？爲什麼不公平地分配食物？」幸運覺得頭痛消褪、更接近自我、更有活力，他已經許久不曾出現這樣的感覺。他的毛髮在寒風中飄動、鬍鬚興奮地發顫。「如果你願意挑戰艾爾帕……將替每隻狗找回他們自己的價值。」

甜心倒抽一口氣，她戒愼恐懼地望向漆黑的四周。「**我**？」

「你辦得到的，甜心。你很強壯，肯定能夠擊敗艾爾帕，更重要的是，你能帶領狗幫。狗幫的同伴們都信任你。」

甜心沉默不語，幸運卻見到她的尾巴重重拍打地面，雙眼在月光下閃閃發光。接著，她把頭枕在他的頸項上，閉上眼睛。

幸運開心地心跳加速，沉浸在她甜美、溫暖的氣息中。

過了一會兒，快腿犬伸直四肢、站起身。「我們應該回到其他同伴身邊，你現在恢復體力了嗎？」

幸運站起身、感覺好了些。他倆並肩站在池塘邊，就著月光望著他倆的倒影。這回，他並未移開目光。

他跟在她身後，穿過長長的雜草。當他倆抵達樹林時，他再度瞥向池塘，注視了一會兒月光投映在池面的景色。當他轉過身、望向甜心時，他看到林間有移動的黑影。長長的耳朵跟灰色的毛皮，似乎在哪裡見過。難道是艾爾帕？他是否在偷窺他跟甜心的互動？**就算他看見我們談話，也聽不見內容，我們交談的音量很小**。但是當幸運跟著甜心返回營地時，他不禁納悶艾爾帕或許聽見了什麼，不禁嚇得背脊發涼。狼犬的聽力說不定比狗兒更加敏銳？

隔天，太陽升起後，睡醒了的幸運完全記不得前一天的夢境。他很慶幸不必在夜裡再一次經歷異象。他在冰雪冬季的陽光下伸展四肢、站起身。狗幫多數成員也都醒了，他看見瑪莎、麥基、貝拉跟雷霆。史奈普跟布魯諾準備前往獵食。月亮在清洗甲蟲跟荊棘的耳朵，只見小傢伙們正不滿地抗議著。

幸運在林間空地來回搜尋，終於見到了甜心。他開心地搖著尾巴。接著，他留意到達特跟春天，他們正一臉緊繃地望著快腿犬。

他走向他們，聽到春天說的最後幾個字。

「……幸運不是說了，他們只待在鎮上。他們只要幾天時間就會找到這裡，說不定更短……」

甜心則一臉堅定，「我們有能力抵禦他們。」

「怎麼做？」達特抗議。「營地是開放空間，刀鋒跟她率領的狗幫可以輕易突襲。此時，狂風像瘋狗般呼嘯。我們有辦法確實聞到或聽見對方朝我們而來嗎？」獵犬垂著耳朵、看見幸運正朝他們走來，於是對他說。「我說的沒錯吧？猛犬隨時都會向我們發動攻擊！」她突然提高音量，吸引了狗幫其他同伴的注意，大夥紛紛聚向她。幸運瞥見艾爾帕在兩棵樹木間緩步移動。狼犬突然停下腳步，一副警戒地低著頭。

達特拉高音量。「你們還記得刀鋒吧？她可以用尖牙撕裂一隻狗的頭顱！」

狗群焦躁地騷動著。

「安靜！」艾爾帕咆哮道。

在場的狗兒們嚇得轉身回望狼犬。他尾巴僵硬地走向狗群。艾爾帕抬起臉時，幸運不安地舔了舔鼻子。「領袖的職責就是思考，並說出其他狗兒不敢說出口的話。」他的黃色眼睛在狗幫成員間來回游移，狗群們都低著頭，不敢看他的眼睛。「達特跟春天的擔憂不是沒有道理。」

狗群恐懼地竊竊私語，月亮朝後一退，將甲蟲與荊棘擁入懷中。

狼犬繼續說：「我的確思考過狗幫目前的處境，現在的我們不堪一擊，與營地是開放空間或所在位置無關，更不是刺骨寒風讓我們脆弱，**而是因為恬恬**。」

幸運齜牙咧嘴、從喉嚨發出低吠聲。他對上甜心警告的目光，快腿犬警告得對。**如果我當著所有成員就對艾爾帕提出挑戰，只會讓情況更糟**。

雷霆在其他狗阻止她之前，就衝到狗幫成員面前。

「我不再叫做恬恬！」她咆哮，「其他狗幫的同伴都知道這點！」

艾爾帕瞇起黃色眼睛時，麥基愧疚地面對史奈普。狼犬不理會雷霆，轉身面對其他狗。相對於小猛犬的咆哮，他的聲音輕柔許多。「你們看看她多麼火爆、多麼具攻擊性？」他走到雷霆面前。「她的壞脾氣容易招惹麻煩，置我們於危險之中。要不是因爲她，猛犬根本不會知道我們的存在。他們說過恬恬是猛犬狗幫的狗，除非把她帶回狗幫，否則他們不會善罷干休。」艾爾帕端坐地望著自己的鼻子。「只要猛犬接近我們一天，我們就永遠不得安寧。你們還想要原地打轉多久？」他轉身望向達特跟春天。「生活中沒有了恐懼，不是件很美好的事嗎？」他冷冷的目光落在月亮身上，她輕舔著甲蟲的耳朵，發出低吠聲。

幸運感覺自己像是吞下滿嘴沙般地有口難言，他的喉嚨又乾又癢。他必須說點什麼，如果他不爲此挺身而出的話，事情只怕會更糟。

「如果你這麼確定荒野狗幫將遭受攻擊，那麼就應該確認狗幫受到絕佳的保護。」幸運的目光越過狗群，落在遠處的綠色山谷和懸崖。「這裡是好營地，但更好的情況是——我們得先餵飽自己才有力氣抵禦攻擊。在這之後，我們可以在懸崖邊設巡邏站，監看海濱和通往洞穴的小徑。另外，在池塘邊加設巡邏站，防守從後方入侵的敵人。」

「這個主意很不錯。」貝拉附和，她在一旁默默聽著這一切。

「狗幫成員的數目夠多。」史奈普點點頭。「設幾個巡邏站不成問題。」

幸運不由得替狗幫成員感到驕傲——他們立刻定出策略。

艾爾帕卻勃然大怒。「你們把艾爾帕放在什麼地位？」他咆哮著衝向前，用前爪把幸運打得跌落在地，他倒抽一口氣。「我不需要仰仗這隻城市佬，替我訂定防禦計畫！」艾爾帕大聲嚷著。「他懂什麼防禦技法？這根本稱不上計劃，不過是另一個謊言罷了。他知道你們身入險境，但他一點也不在乎，這一切不過是爲了他所訓練的那隻猛犬小畜牲著想！」

雷霆低頭咆哮。

幸運毛髮直豎，抽離開艾爾帕。他並未反擊——這麼一來將變成自殺攻擊。相反地，他站起身、甩動毛髮。

艾爾帕怒視著狗幫成員。「你們各自做好準備，今天所有成員都要外出獵食！」

「就連巡邏犬也包括在內？」達特微弱地問。

艾爾帕用力將狼爪往草地上一踩。「每隻狗都去！這表示巡邏犬、幼犬……就連歐米茄也包括在內。」他氣惱地穿過麥基跟瑪莎之間踱步離開。

陽光在艾爾帕離開後，瞪大眼、緊張地歪著頭。「自從成爲栓鍊犬後，我就再也沒有出外獵食過了。」她低聲說。

幸運趕到氣憤難耐的雷霆身邊。他磨蹭她的脖子，盡可能安慰她，但雷霆仍是怒不可遏。

「別聽艾爾帕說的話，你哪兒都不去。」

「艾爾帕！」她咬牙切齒地說。「他最好別再挑剔我！我可不是那種乳臭未乾的蠢幼犬——我已經長到了足以挑戰他的年紀。我並不想當上艾爾帕，但我很樂意將我的尖牙咬進那個灰色毛髮的身體。我要扯爛他的喉嚨，讓他永遠不會再對我說出那些侮辱的字眼！」

幸運毛髮直豎地往後一退。沒想到雷霆對艾爾帕這麼火大——她不再是隻幼犬，如果艾爾帕繼續挑釁她，肯定會引發一場大戰。

到頭來演變成流血戰爭。

艾爾帕肯定是故意惹惱她，幸運心想。**他藉由挑釁雷霆分裂狗幫。狗幫一旦分裂就將無法戰勝任何攻擊。**

第十二章

狗幫成員們準備外出獵食時，懸崖上方堆積了層層烏雲。艾爾帕領頭、幸運則跟在後面，望著甜心跟史奈普緊跟在狼犬身後。他感到飢腸轆轆，其他狗兒們肯定也一樣，但貝拉卻一臉興奮地跟著幸運的腳步，用鼻子磨蹭他。

他讓貝拉越過他——因爲他見到落在隊伍後方的狗兒們，正吃力地追趕同伴，他必須留意他們的腳步。四肢粗短的懷恩上氣不接下氣地拚命趕路。陽光身上糾結的長毛，掃過灰塵和樹枝，給她帶來不少麻煩。幸運放慢腳步跟她一起走，還舔了舔她柔軟的耳朵。

狗兒們迂迴曲折地繞過遠方領地，那裡的草地東一塊、西一塊的，卻不見樹木的蹤影。腳底踩著的土地變成了黃褐色，而且充滿沙礫。來到一處岩石區和白色懸崖前，沙地倏地改變了樣貌。狗幫成員們繞過懸崖，走向寬闊湖水的廣闊岸邊。

陽光在沙地上摔了一跤。「沙地眞難走！」她對幸運說。「我老覺得自己在往下沉。」

站在前方不遠處的春天查看前腳。「我也是。」

達特在垂著耳朵的同伴身邊停下腳步，望向高聳的白色懸崖。「上面的岩石地面看起來十分堅硬。至少能夠輕易行走。」

幸運靜靜地走到他們身後。**他們動作緩慢、製造這麼多聲音，這樣永遠抓不到獵物……**

貝拉肯定聽見了他們的談話，她轉過身來、開心地搖著尾巴。「你們很快就會習慣踩在沙地上的感覺，不久就會喜歡踩在上頭。」

「狗兒怎麼會習慣踩在細碎的黃色沙地上？」達特咆哮。「這根本就辦不到，你剛才不也摔了一跤。眞不知道踩在這樣的沙地上，要怎麼抓到獵物。」

幸運不免懷疑身爲並不習慣獵食的巡邏犬的她，會抓到什麼獵物，不過他認爲自己應該別多嘴。

「很簡單啊！」貝拉邊說邊擺動著尾巴。她步向前、抬起腿，在沙地上跳了一大步——姿態介於行走與跳躍間。幸運見到這一幕忍不住覺得好笑，但是在場所有狗兒全都停下腳步，抬頭望著貝拉。

達特豎起耳朵、跳高一步，模仿起貝拉灑脫的步伐。春天也跟著模仿。不久，麥基、黛西，甚至就連年長的老布魯諾，也都盡力仿效貝拉踩踏在沙地上的動作。幸運立刻覺得放鬆不少。狗兒們踩踏在沙地上的動作有些滑稽，但是幸運很佩服勇於嘗試的大家。就連雷霆也跟著輕輕跳了一步，她的耳朵隨著腳步飛舞，然後平貼在頭的兩側。

「你們立刻給我停下來！」艾爾帕轉身怒瞪著狗幫成員，狗兒們紛紛摔落在沙地上。狼犬甩動著灰色毛髮。「你們別再繼續這個蠢動作。」冰冷的黃色眼睛落在雷霆身上，接著說。「狗是用走的，不會做這種跳躍動作！」

狗兒們紛紛在艾爾帕身後站成一列，不敢再做出貝拉教導的跳躍技巧。他們不舒服地踩在沙地上，任由腳下的泥沙往下陷。寬闊湖水漫過潮溼岸邊，沖掉了岸邊的沙，留下白色泡沫。空氣中升起一股刺鼻鹹味。彷彿嘴裡真的嚐到了鹽巴似的。

他狐疑地望著狼犬，納悶狗幫在這樣的環境中，要如何填飽肚子。**鹹味遮蓋住獵物的氣味，要怎麼捕抓？**

第十二章

一陣刺骨寒風吹來，密佈的雲層宛如一片厚重帷幕，天空瞬間變得黑暗。潮溼厚重的雲層遮住了太陽之犬的光芒。要下雨了嗎？幸運停下腳步，開闔著鼻孔試著嗅聞頭頂的天空，但是寬闊湖水吹來的鹹味掩蓋了一切氣味。

甜心面對幸運、站在艾爾帕身邊，不過他聽得見他們的對話。「天犬們又聚在一起了，我們必須找掩護才行。」她對狼犬說。

她說得沒錯。幸運站在她身後一段距離，瞇著眼望向長長的沙岸和懸崖底下的一堆亂石。大雨降下來之後，我們必須找到可以避雨的地方。他還來不及多想，冰冷的雨水已經打在他的鼻頭上。

站在幸運前方的艾爾帕對甜心點點頭。「我們都躲到石頭堆底下，等雨停。」他咕噥道。狼犬來到低矮的白色石頭下方時，雲層裡發出轟隆巨響。狗幫成員們跟著衝過去，在剛好容納得下他們的空間裡彼此推擠著。幸運擠在雷霆、麥基和瑪莎之間。他迅速清點狗兒的數目，目光在狗兒間來回游移。狗幫成員們全都擠在一起，卻感到十分不舒服。陽光蹲伏在石頭岩架邊緣，看來身體的後半部都被雨水打溼。

「大家擠一擠。」幸運開口，「讓點空間給陽光。」

狗兒們開始彼此推擠，幸運感覺到一旁的麥基渾身正在發顫。

艾爾帕站在避難處最裡面的角落，完全不會被雨水打溼的地方咆哮著。

「你沒資格下令，城市佬！歐米茄的位置好得很。」

陽光蜷縮起身體、低下頭。

幸運的嘴唇忍不住抽動著，設法控制住自己的脾氣。**可憐的陽光——這件事跟她一點關係都沒有，艾爾帕其實是針對我來的。**

小歐米茄一點都不敢回嘴，只是嘆口氣、趴在自己的腿上。天空降下了雨水，她閃爍著黑色的眼睛望著眼前的雨。

幸運不忍看她，將目光移往寬闊湖水的岸邊。大雨滂沱，流進了沙地裡，落入白色浪濤裡。

這一點都說不過去，陽光跟我們一樣都是狗幫成員，不該受到這樣的對待。幸運移開目光時，正好跟甜心四目相對。他似乎見到她的眼神中帶著哀傷與疑惑。**她似乎也不同意艾爾帕，艾爾帕蠻橫不講理、一點都不公平。事情不該如此！**

一定有不同的管理方式，幸運很肯定，想必甜心最後也會明白。

大雨終於停歇後，幸運覺得一天似乎又要接近尾聲。他飢腸轆轆、抬頭望向狗幫其他成員。他很驚訝地見到太陽之犬躲在雲層後方盯著他。

狗幫同伴們紛紛站起身，走到岩石外伸展四肢。沁涼空氣裡的鹹味比下大雨前淡了許多。

艾爾帕在狗幫成員間來回踱步，他的鬍鬚在嗅聞潮溼空氣時抽動了一下。「我們現在應該折回營地，明天再試一次。」

月亮睜大藍色眼睛。「現在要回去？」她憂心地問。「完全不去找點吃的？」她的目光望向甲蟲跟荊棘，他倆在她身旁打鬧著。「我們全都餓壞了。」

黛西豎著耳朵、啃咬著身上棕白色的毛髮。「這是真的！」她囁嚅著。她深吸一口氣，走上前對艾爾帕說，「我知道我沒有立場說話……但是……對狗幫其他成員來說或許撐得住，他們固定進食，而且食物也不錯。其他狗卻只能餓肚子……懷恩跟陽光愈來愈虛弱，如果我們不快點找到吃的，我們也會變成這樣。」

懷恩輕輕發出哀鳴。幸運不免替這隻臉龐皺縮的狗兒感到遺憾，儘管當初幸運身為歐米茄時，他的態度並不友善。但如今的懷恩，跟當初在森林及舊營地時的態度完全不同。他身上的毛髮日漸稀疏、渾身髒兮兮的、眼睛總是淌著淚水、鼻水流個沒完。他遠遠站在同伴身後，似乎不在乎眼前的一切，用前腿踩踏著溼濡的沙地。

艾爾帕齜牙咧嘴地走到黛西跟前。「艾爾帕的職責就是要表現得堅強。」他咆哮。「這是為了狗幫著想！」

黛西雖然退縮了一下，但她的腳步仍穩穩踩在地面上。狗幫成員紛紛感到同情。

「狗兒們都餓壞了。」瑪莎輕聲說，「我們必須多找點吃的。」貝拉點了點長滿金色毛髮的頭。「如果我們不能餵飽自己，就沒有力氣保護家園。我們見到了猛犬在小鎮裡出沒。他們離我們不遠——不到一天就能找到我們的下落。如果我們不想辦法恢復力氣，就不能留在這裡！」

狗幫成員間立刻一陣騷動，艾爾帕倏地轉身，眼睛閃著光芒。他低頭、踩著充滿威脅的步伐走向貝拉，她見狀嚇得退後。「我當然知道這點，」他咆哮。「如果你知道該怎麼做的話，我們說不定就能找到吃的並離開這裡。你們當中有一半連自己的尾巴都抓不到，只會嚇跑距離幾百步遠的兔子。」他在狗群間來回踱步，狼犬的尾巴在他踏出有力的前腿時揚起。「我會派遣我們最佳的獵犬，前往懸崖尋找食物。其他成員則返回營地。」他朝天空眨了眨眼睛，天空此時變得清朗許多。「你們全都只會吵鬧不休、抱怨連連，難道不瞭解是大雨害得獵物全都躲了起來？現在雨勢停止了，獵物很快就會出來活動。」

幸運氣得尾巴僵硬。**他根本是在為自己把我們帶到這個寸草不生的地方找藉口，而且不理會貝拉的警告。猛犬們就在不遠處……**

艾爾帕瞇著眼睛、低下頭。「幸運跟史奈普和麥基一起行動，他們將帶回食物餵飽狗幫成員——另外帶回一隻白兔。狗幫成員可以藉此放鬆心情、恢復體力。前方還有漫長旅程等著我們。」

幸運好奇地問。「你爲什麼要我們去找兔子？」他知道答案……這一切都跟雷霆脫不了關係。**艾爾帕至今都不願意接受小猛犬已經命名的事實**，他一想到這，便厭惡地皺起臉。呃，至少這麼做能夠讓事情公開透明。幸運帶著鼓勵的眼神朝雷霆點點頭。**聽起來艾爾帕準備帶領狗幫離開營地**。至少他現在正視了狗群的擔心。

「昨天晚上我做了一個夢。」艾爾帕的黃色眼睛閃爍著邪惡光芒。「一個狗幫從此不必老是掛念著恬恬是否闖禍的方式。」

雷霆聽見自己的乳名不禁嚇了一跳，艾爾帕繼續說，「我們應該舉辦一個**真正的**命名儀式，由狗幫的**艾爾帕**主持。這才符合公平正義。」

「但是我已經有自己的名字了。」雷霆抗議。

艾爾帕不屑地轉身走向懸崖，沿著小徑走向營地。

雷霆頸背高聳、齜牙咧嘴。幸運立刻趕到雷霆身邊，他的眼前突然冒出一幕不久前在大嚎叫時，風雪和群狗鬥毆的異象。他的毛髮直豎、心臟噗通噗通地跳。如果她現在對艾爾帕說出什麼大不敬的話，肯定會惹來一場麻煩。

「這麼做未嘗不是件好事。」幸運小聲地對她說。

「怎麼會是好事？」雷霆大聲叫嚷，怒視著艾爾帕的背影。

「如果他因此接納你、不再挑剔你，當然是件好事。狗幫所有成員都將參與你的命名儀式，一切將公開透明，也就是符合公平正義。」

「我想也是。」她咕噥著，直瞪著狼犬。「但是我一點都不相信他，他做的一切都不符合公平正義。遲早該有哪隻狗給他一個教訓。」她說得口沫橫飛，粉紅色的舌頭擦過牙齒。

「幸運，你來不來？」麥基搖著棕黑色尾巴問。

幸運跟上農場犬和史奈普的腳步，他們準備前往獵食。但是他卻甩不開雷霆嘴角滿是唾沫的畫面，還有聲音裡滿滿的憤怒。

幸運腳步沉重地跟在史奈普和麥基身後，登上崎嶇的岩石陡坡時，前腿開始再度顫抖。他的腳底在溼滑的地面上打滑，費了一番力氣才保持平衡。他遠離懸崖邊緣，盡可能不去想腳底所在位置，離沙岸和波濤洶湧的寬闊湖水有多遠。幸運在跟著史奈普、麥基躲在一處大石頭後，這才鬆了一口氣。

三隻狗靜靜地等在大石頭後方，他們的嘴角發顫、耳朵豎起。幸運專心地想從潮溼、帶鹹味的空氣中嗅出獵物的氣味。**艾爾帕說得沒錯：大雨過後，動物們紛紛出來活動**。幸運嗅聞到溫暖、帶有一絲甜味和皮膚散發的油脂味。不過牠們的距離太遠，恐怕捉不到。

史奈普不斷移動腳步。「我懷疑會在這個地方見到兔子——牠們根本不會在這裡築巢。」

幸運也覺得史奈普很有道理，他懷疑艾爾帕是否真心想舉行命名儀式，還是只想欺騙幼犬、玩弄狗幫成員。**我不能讓這隻詭計多端的狼犬稱心如意。**

史奈普倏地抬頭，興奮地抽動鼻子。她肯定聞到了什麼味道！幸運跟著嗅聞。**是動物，就在不遠處**！

「慢慢來。」麥基提醒。

史奈普點點頭。幸運鬆了一口氣。棕白色毛髮的雜種犬，追捕獵物的速度向來很快——幸運期待她跳出石頭後面、追捕獵物。如果是在地面上，就算狗兒腳步踉蹌沒追到獵物也不要緊——大不了翻滾幾圈後再站起身，也不會有任何危險。現在，他們不但要冒著撞上懸崖壁面的危險，更糟的是還可能摔到懸崖底下。

獵物的氣味愈來愈近。躲在大石頭後面的三隻狗兒，不會被獵物發現。幸運飢腸轆轆地舔起嘴唇。

史奈普領頭，在石頭周圍匍匐前進，然後看向幸運和麥基，表情像在說著，**等候我的指令**。她停在原地，抬高一隻前腿，大嚷著：「就是現在！」，便向前猛衝。麥基跳過石頭中央，幸運從另一邊繞過，及時見到史奈普用前腿壓制一隻白色大鳥。牠拚命掙扎、發出粗嘎聲，其中一隻翅膀不斷拍打著，另一隻則無力地拍動。

牠的翅膀肯定斷了，這就是為什麼牠沒辦法飛走……

麥基用前腿壓制大鳥，史奈普則用牙齒咬住獵物的脖子。獵物最後用盡力氣、失去了生命。

幸運感激地嗅聞著獵物的氣味，獵物十分肥美，足夠狗幫成員填飽肚子。他舔舔嘴、低下頭，見到眼前閃過一道白色影子。

是隻兔子！

幸運怔住。不，他還見到了棕色毛髮……儘管沒法在命名儀式派上用場，倒是能夠飽餐一頓。幸運在峭壁間猛衝，兔子嚇得歪斜亂跑。霎時，不見兔子的蹤影。幸運怔住、嗅聞空氣。**牠就在附近，我感覺得到……**他小心翼翼地踩踏著腳步前進，發現兔子瑟縮著身體、躲在一顆大石頭旁。正當他準備衝向獵物時，他見到懸崖遠處出現一個身材結實、耳朵尖尖的黑影。在幸運壓制著不斷尖叫掙扎的兔子時，他再度望向黑影，但是黑影卻消失無蹤。

他不禁感到恐懼。**難道是猛犬盯上了我們**？他納悶著是否應該將這個發現告訴同伴，卻暗自決定暫時不說。**我不確定自己見到了什麼……這麼一來只會嚇到同伴。艾爾帕聽起來像是準備離開營地。我們很快就能遠離這群猛犬。**

太陽之犬從天空落下，幸運、麥基與史奈普返回營地。艾爾帕一臉失望地看著幸運把白色夾雜棕色皮毛的兔子，放在他的跟前。

「這是山裡面唯一找得到的兔子。」他向艾爾帕解釋，覺得喉嚨一陣乾渴。他感到四肢發疼、需要躺下休息。

「兔子肚子上的毛是白色的。」甜心走到艾爾帕身邊，試著鼓勵他。

艾爾帕的黃色眼睛停留在虛軟的兔子身上，用前腿踩在上頭。「是啊。說不定對猛犬有用。」

幸運縮著身體。幾個狗幫成員正走上前來，貝拉跟布魯諾走得最近，雷霆距離幸運很遠，沒聽見艾爾帕的那番話。

麥基另外抓到了一隻山老鼠，加上他們一起抓到的白色大鳥應該夠狗群們吃。狗幫成員心滿意足地大塊朵頤。麥基將獵物分成數塊，然後向後一退，讓艾爾帕先選擇最多汁味美的部份。接著輪到甜心享用，剩餘的部份依照階級依序輪流分食。

甲蟲嘆了一口氣。「鳥兒的味道香甜極了。」

「這是我最近喜歡的新口味！」荊棘附和。

儘管幸運替他們感到開心，心裡仍不免惦記著在懸崖邊見到的黑影，而且黑影還長著一對尖耳朵。他試著說服自己，一切不過是他的想像而已，但另一方面他卻又爲此擔心不已。**猛犬掌握了我們的行蹤**。

山谷間吹過一陣刺骨寒風。遠方的地平線上，太陽之犬在營地留下一絲暖意，尾巴映照著一抹光亮。艾爾帕走到狗幫成員間，目光冷冷地望著甲蟲與荊棘。

「鳥的味道雖然鮮美，卻無法塡飽肚子太久。」

幼犬們立刻啞口無言，狗幫成員們不禁感到恐懼。艾爾帕在冰冷的空氣中拉高了音量。「如果獵犬們最多只能找到這些獵物，那麼這個地方除了提供遮風避雨和乾淨飲水之外，對我們來說一無是處。」他一臉憤怒地望向幸運、麥基跟史奈普。

幸運不由得怒火中燒，他肌肉緊繃、頸背高聳，他已經盡可能滿足狗群所需。**他膽敢指責我們找不到更多獵物？我沒見到他的身影出現在懸崖附近，說不定他整個下午都在打盹**。

狼犬端坐著、伸展後腿。「我們知道猛犬在鎭上出沒，天一亮我們就動身離開。」

荒野狗幫的成員們開始抱怨。

「又來了？」黛西輕聲說著。

懷恩舔舔他的塌鼻子，小陽光則發出哀嚎。

「想留下來等著猛犬上門的話，請便！」艾爾帕厲聲咆哮。

儘管幸運在氣頭上，卻也不得不同意狼犬的決定。**猛犬離我們太近，我們暴露在危險之中。**

地平線上留著太陽之犬的最後一道光芒，狗群們等候著雷霆的命名儀式開始。小猛犬擺動著尾巴、抓扒著草地，抬頭望向逐漸漆黑的天空。幸運也同樣望著。月亮之犬露臉後，幸運沮喪地垂著尾巴──月亮之犬的臉龐有一半沉入陰影之中。今天的月亮之犬，不像雷霆先前的命名儀式時那般光潔圓潤，不過應該不礙事。今天晚上格外不同。艾爾帕難道不想讓儀式以「符合常規」的方式進行？他望向狼犬，期待他會說些他們願意聽的話。讓幸運驚訝的是，艾爾帕卻站起身，逕自對史奈普和麥基說話。

「把兔子帶來給我。」

獵犬咬起兔子，狗幫成員們此時聚攏在一起。雷霆停止搖動尾巴、神情嚴肅。她不安地舔著下巴。

「固定住兔子。」艾爾帕下令。

史奈普和麥基固定住兔子的頭跟後腿。艾爾帕站在兔子身上，將他的大尖牙咬住兔子的喉嚨，擺動長滿灰色毛髮的頭，一個使勁就剝下了兔子皮。

現在正缺食物，幸運心想。**不知道能否請甜心代為轉達，替狗幫成員保留兔肉的想法。兔肉不吃的話真是太可惜了。**但是如果讓艾爾帕知道這個主意出自他，那他肯定不會採納。

狼犬嗅聞著剝了皮的兔肉。「把兔肉帶到我的巢穴！」他對史奈普咆哮。她遵從命令用下顎咬住兔肉，帶往營地去。

幸運氣得寒毛直豎。**他竟然將兔肉留給自己！**

艾爾帕就著朦朧的月光咬起棕白色的兔子毛皮。草地四周的空地沒有任何一塊平坦的石頭。他把兔子毛皮直接扔在沙地上。兔子毛皮落在地面、沾著泥沙、微微皺在一起。一坨泥巴從白色毛皮上掉落。

這根本不符合程序！幸運心想，他回想起甲蟲跟荊棘的命名儀式顯得莊嚴肅穆。月亮之犬散發出明亮的光芒，白色的兔毛在月光的映照下閃閃發亮。

艾爾帕似乎一點也不在意。他迅速朝雷霆點頭。「站到兔毛上，恬恬。」

幸運渾身緊繃，他不安地望著小猛犬，希望她不要因爲艾爾帕對她的不尊重，或是黃色眼睛透露出的嘲笑與不屑而發怒。他驕傲地望著她帶著尊嚴走向兔毛，小心翼翼地踩踏在上面。這隻兔子骨瘦如柴，不像他們在森林裡捕捉到的那隻兔子那般肥美有肉，雷霆如今已經長大，下半身完全覆蓋住兔毛。「望著月亮之犬選擇你的名字。」艾爾帕咆哮，眼神幾乎不與她有所交集。

雷霆困惑地問。「可是……我已經選好了自己的名字。」

「我們不能整個晚上都耗在這裡！」他不耐煩地說。

幸運不由得一驚。這個儀式沒有什麼特別之處，相較於甲蟲跟荊棘的成年儀式充滿神奇特別的氣氛，雷霆的命名儀式顯得簡單多了。

他看得出小猛犬盡可能不露出沮喪失望的神情。她舔舔嘴唇、望著月亮之犬，朦朧的月光有一部份被鬼魅般的厚重雲層遮蓋住。

她開口說話，聲音顯得清楚而平靜。「我選擇雷霆作為我的名字。」

艾爾帕的臉龐滿是憤怒，他的前腳用力踩踏地面。「你不能取同樣的名字！」他怒不可遏。「這是你在**不符合程序**的命名儀式中所取的名字。你將永遠不准使用這個名字。」

幸運氣得站起身。狼犬這次真是做得太過火了。**要談不符合程序？選擇這個月亮之犬半夢半醒的時間，兔毛的顏色不但不夠純白，還把兔肉留給自己，也沒替幼犬找到一處平坦的石頭進行這場儀式！**

狗群們面面相覷。瑪莎本想走到雷霆身邊，貝拉用眼神阻止她。

艾爾帕用力甩動尾巴。「現在就取個名字，否則我直接替你選！」

雷霆嚥了嚥口水。幸運見到她拚命讓自己冷靜，他內心不禁替她感到驕傲。「我選擇雷霆作爲我的名字。」

艾爾帕嗤之以鼻在端坐的猛犬身邊繞行。「很好。」他輕蔑地大聲叫嚷。艾爾帕繞到她的身後時，雷霆毛髮直豎，卻仍態度堅定地端坐在兔毛上。當他轉到她的面前時，他露出尖牙、帶著報復般的勝利說道。「以月亮之犬爲證，你喪失了選擇自己名字的權利。將由我來命名，這是我身爲狗幫艾爾帕的權利與職責。你此生將以此爲名，其他同伴將以此名喚你。」最後，他望向猛犬的眼睛。「從現在起，你將被喚作野蠻之子。」

第十三章

太陽之犬從山谷間升起後，狗幫開始朝岸邊移動。領頭的艾爾帕，腳爪重重踩在沙地上，尾巴在風中擺動。腳步極不自然的甜心走在艾爾帕身邊。一向姿態優雅的快腿犬，盡可能在下陷的沙地上保持平衡。

幸運跟其他狗幫同伴走在他們身後。他打了個哈欠、望向寬闊湖水。水面上升起一道低沉的霧氣、染紅了白色浪頭。放眼望去，波濤不斷地拍打水岸邊。表面崎嶇不平且氣勢壯觀的白色懸崖突出於岸邊。

要是再遇上另一道懸崖該怎麼辦？**要是水岸跟浪花永無止盡地延伸下去**？

幸運的思緒被甲蟲的興奮叫聲打斷。

「是隻鳥！跟昨天那隻一樣！」

「我們快去抓牠！」荊棘大聲叫嚷。

幼犬們望著在頭頂盤旋的水鳥。狗群們紛紛咬牙吠叫，朝天空猛撲。

「我一定會逮到你！」荊棘咆哮，朝天空一跳，卻只摔落在沙地上。

艾爾帕迅速轉過頭。「愚蠢的幼犬！你們難道沒看出鳥兒距離我們那麼遠？你們快點跟上。抵達下一個營地後，自然會讓你們去獵食。」

甲蟲的臉一陣抽搐，荊棘則是沮喪地低頭。月亮立刻趕到他們身邊。

儘管幸運常跟狼犬意見相左，不過他說得沒錯——狗兒們絕對抓不到任何一隻在天上飛翔的鳥。他們昨天之所以會抓到，是因爲那隻鳥受了傷。

只要艾爾帕能夠組成一支傑出的狩獵小隊，前往陸地搜尋獵物，遠離草木不生、萬物都被鹹味覆蓋的寬闊湖水，就算遇上冰雪冬季也能捕到獵物。幸運打算在狗群們停下腳步時告訴甜心。或許她能夠說服艾爾帕帶領狗幫遠離寬闊湖水以及遠處的岩石堆與懸崖。狗兒唯有透過她，才有辦法把想法傳遞給艾爾帕，他會聽甜心的意見。

幸運抽動嘴唇、背部拱起，像是準備要跟誰打鬥般。甜心是艾爾帕的貝塔，他很尊重她——她已經在挑戰中贏得了優勢。幸運望著身材纖瘦的快腿犬。她跟艾爾帕領著隊伍並交談著。幸運噘著嘴。他不得不承認，這是他頭一回對他們的關係感到不安。艾爾帕跟貝塔成爲伴侶，是十分常見的……他也知道這點。這個想法不禁讓他燃起怒火、惱怒地嗤之以鼻。**艾爾帕必須消失**！

狼犬倏地轉身，幸運卻覺得對方像是讀出了他的心思。隨後，他才發現艾爾帕的目光越過他，望向雷霆。

「快跟上腳步，野蠻之子！」他咆哮後轉身望向甜心。

雷霆嚇得往後一跳，幸運則怔住不動。他甩開念頭，等著幼犬跟上隊伍。幸運慈愛地舔了舔幼犬。「我們都知道那場『命名儀式』不算數。」他壓低聲音說，「不論他說過什麼，都別當眞。只有他會喊那個……**不雅**的名字。他應該喊你的**真名**。」

雷霆點點頭，黑色眼睛卻黯淡無光。

幸運舔了舔她的耳朵。「不雅之名不會永遠跟著你，你並非生來野蠻。」他拚命說服雷霆，不過他也只有在當下相信自己說的是實話。

白天逐漸消退，水面上的霧愈來愈濃。寬闊湖水不斷上升、淹過沙灘，狗兒們只得緊貼著岩石堆。懸崖逐漸被水淹過。岩石堆另一端有一大片黃色沙灘，卻仍不見任何綠色植物或獵物的蹤影。

幸運默默地走在雷霆身邊。成員們個個無精打采地走著、奮力躍過沙灘。一個尖銳的叫聲讓幸運嚇得跳起來。

是黛西。「看！」她用力甩動著短尾巴。

麥基跟著大喊。「有一棟房子！」

幸運的視線穿過濃霧看見了建築物的輪廓。如果這是一棟房子，不過是棟形狀宛如大樹樹幹的高聳房屋。房子外牆漆上了紅白條紋，但在濃霧中只看得見紅色條紋。幸運瞇起眼睛。**不會吧，難道……？**房子像是漂浮在寬闊湖水上。房子頂端像是用透明石搭建而成。

狗兒們紛紛停下腳步。幸運蹙緊眉頭。**這裡為何會出現距離他們生活的聚落這麼遠，還漂浮在湖泊上的長爪房屋？長爪們不都喜歡群居嗎？**

「我們必須到那棟房子去！」黛西大聲嚷著、在原地不停跳著，向前猛衝再返回狗幫成員身邊。

麥基興奮地抓扒地面。「黛西說得對！房子內說不定有長爪，也許會有吃的！」

這點就夠讓陽光不顧一切地衝去。「我們應該過去瞧瞧！」她高聲說。

貝拉與幸運目光相接、尾巴低垂。她心裡肯定也是這麼想的。**經過這所有的考驗後，這些從前身為栓鍊犬的狗兒們將再次感到無助，想要像大咆哮發生前那樣地依賴曾經照顧過他們的長爪？**

他的胃一陣翻攪，因爲他記起陽光曾說她十分懷念每天有兩碗食物等著她享用的日子。飢餓是否喚醒了他們對安逸生活的渴望？幸運不知道艾爾帕會作何感想。甜心怎麼看待這件事？她會試著阻止他們嗎？

陽光可沒耐性等答案。小白狗直往長爪的房子衝去。蓬鬆的白色尾巴拍打著空氣、小短腿拚命在沙地上奔跑。幸運從未見過她跑得這麼快。她的白色身影很快地就消失在濃霧中。

麥基跟黛西見狀也跟在陽光身後，飛奔而去。

艾爾帕臉色一沉。「你們給我回來！」

他們才聽不進艾爾帕的命令——越過寬闊湖水岸邊，盡可能衝向那棟紅白條紋的房子。

狼犬目光嚴峻地望著幸運。「我懷疑他們會在那棟怪異的建築物裡找到他們朝思暮想的主人。我一點都不在乎失去歐米茄那隻沒用的小白狗，不過狗幫不能失去麥基或黛西。我們現在找不到跟他們能力相當的狩獵犬。」他意有所指地看向幸運。「把他們給我找回來，街頭佬！立刻！」

幸運嚇了一跳，不是因爲艾爾帕的言論帶有貶意——他早就習慣狼犬不把他們當一回事——而是因爲可憐的陽光，一心想要融入狗幫、對狗幫有所貢獻，但艾爾帕卻看不起她。**艾爾帕說不定連她叫什麼名字都不知道。對他來說，她不過是隻歐米茄**。至少，狼犬仍打從心裡不希望狗幫瓦解。

幸運點點頭，立刻轉身追逐三隻曾經身爲栓鍊犬的狗兒。

他清楚聽見身後傳來吠叫聲。貝拉也跟了上來，還有雷霆。幸運回頭看見狗幫其他成員全都跟了上來，驕傲地搖著尾巴。狗群的心全都凝聚在一起。

環繞著條紋房子的濃霧瀰漫到沙灘上。幸運望著地平線的方向，卻看不見同伴的身影，甚至連麥基身上的黑色斑點都看不見。「陽光！」他大喊。「黛西！麥基！你們當心點——當心屋內會有危險！」

幸運停下腳步、發現地面上的幾個腳印。他驚訝地發現腳印來到硬石子地面後便消失無蹤，像是直接跨過寬闊湖水直朝房子而去。他聽見前方傳來黛西跟麥基興奮的吠叫聲。

「這邊！」幸運對貝拉和雷霆說。他們沿著湖邊道路向前奔去，追上筋疲力竭的小陽光。「你留在原地跟大家待在一起！」幸運說。

陽光點點頭、上氣不接下氣，在濃霧中只看得見她臉上留下的黑色眼圈。

幸運跟貝拉繼續向前跑、雷霆緊跟在後。寬闊湖水的浪花不斷拍打在小路外圍，留下白色泡沫。浪花像是隨時要翻上硬石子路面、將他們捲進水裡。

貝拉突然睜大眼睛、怔住不動。「麥基跟黛西驚醒了湖水！」她大喊。

湖水拍打在幸運的腳上，他壓抑內心的恐懼。他知道自己必須讓狗兒們保持冷靜，不由得想起自己如何在洞穴的地道內幫助同伴度過難關。「這一切或許跟湖水之犬有關……」

「湖水之犬？」貝拉複誦。她緊靠著路面、不斷顫抖。

幸運點點頭。「還記得河水之犬如何不斷地向前奔流吧？有時候，水流湍急，有時候水流緩慢，但卻總是不斷地流動……湖水之犬卻只繞著圓圈旋轉。還記得我們小時候總是橫衝直撞吧，貝拉，在我們還都是幼犬的時候，長爪總是把我們關在屋裡？我們的無窮精力無處發洩……或許這說明了湖水之犬爲何總是洶湧不斷。因爲她無處可去，所以有時湖水會有較大的波動。」

貝拉的顫抖平息不少，她感激地轉身輕推幸運。「你說得有道理。」

幸運轉身望向雷霆，擔心幼犬也飽受驚嚇。她正在嗅聞拍打在她腳上的水花。幸運驚訝地發現，她似乎一點兒都不害怕。

狗幫的其他同伴出現在雷霆身後，在濃霧中留下一道道黑影，狗兒們在小路邊短暫停留。甜心氣喘吁吁地站在春天身旁，後面跟著艾爾帕和月亮。狗群停下腳步、耳朵平貼在頭的兩側，望著拍打上岸的浪花。

看樣子其他同伴不會跟上來了，幸運心想。只有他們三隻狗去追回麥基跟黛西。

他們沿著湖邊小路緩步前進。走到小路盡頭時，轉入一條狹窄小徑，沿著房子外頭繞了一圈。來到房子前方時才發現，紅白相間的建築物高高聳立在他們面前。濃霧不斷地從寬闊湖水岸邊擴散開來，層層包圍住眼前的房子。

長爪為什麼選在湖水中央建造這樣一幢房子？幸運沒看到附近有其他建築物。他抬頭看見頂端有一個透明石搭建的漆黑瞭望台。但這似乎有點說不通。

三隻狗穿過濃霧、呼喚著同伴的名字。幸運注意到有堆巨石包圍住環繞房舍外面的小徑。浪花打在巨石上，濺起白色泡沫。

貝拉被這個景象嚇到，尾巴緊貼著身體。「麥基？黛西？快回來，這裡太危險了。」

「貝拉？」農場犬踏出濃霧、甩動毛髮。黛西一臉羞赧地跟在麥基身後。

「我們奮力喊叫。」麥基說，「抓扒著大門……爲什麼主人不出來應門？」

幸運走向他的栓鍊犬同伴，不捨地舔舔他。「有房子不代表就有長爪。你是不是想起那段身爲栓鍊犬的過去？」他朝這棟高聳的房子抬頭，近距離觀察才發現，眼前的房子並非四方形，而是像樹幹般的圓柱狀——平滑的表面又跟樹木不同。漆在建築物外牆的紅白條紋間距很寬，「我不認爲長爪會住在這樣的地方……即使是在遭遇大咆哮之前，這棟房子肯定另有用途。長爪們喜歡住在一起，這個地方實在太……」他試著想出其他字眼形容。

「離群索居……」麥基沮喪地垂下尾巴。「你說得對，我們眞是太傻了，才會到這裡來。我們不該跑開的，艾爾帕肯定會大發雷霆……」

黛西可不這麼認爲。「是這樣嗎？如果連幸運都說不出這棟房子的用途，他又怎麼會知道裡面沒有長爪和豐盛的食物？我們都已經到了這麼遠的地方，至少該進屋裡去瞧一瞧。」黛西帶著希望地搖著毛髮堅硬的尾巴。

「我的老天！」貝拉大喊。「這裡根本就沒有長爪的蹤影。就算他們在那棟建築物裡，你要怎麼分辨他們是否友善，尤其是在我們經歷過這一切之後？難道你忘了費瑞的遭遇嗎？」

黛西嗚咽著垂下眼睛。「那些披著黃色毛皮的長爪不一樣。」

貝拉挺起胸膛想要繼續說，但是一個吠叫聲打斷了她。

幸運豎起耳朵、轉過頭去。他聽見荒野狗幫的成員驚恐地吠叫著、衝向湖邊小徑。他們為什麼趕過來？

甜心率先奔過來，她的纖瘦身影出現在充滿濃霧的小徑。艾爾帕跟著趕來，狗幫的其他成員睜大眼紛紛跟進。他們背靠著背、彼此推擠，想要遠離小路和洶湧而至的大水。

「怎麼回事？」幸運幾乎喘不過氣地大喊。同伴們散發出的恐懼氣味，讓幸運難以招架。他朝小徑瞇起眼，試著辨認出寬闊湖水的岸邊，但卻被濃霧遮蔽。有那麼一瞬間，整個世界似乎全都籠罩在白色濃霧中。等到濃霧飄升後，他看見黑色身影潛入湖邊小徑。他們並排行進、黑色眼睛閃閃發光。他們身上光滑、結實的肌肉與天空的顏色相襯。

猛犬們抵達了。

第十四章

荒野狗幫的成員們紛紛發出嗚咽和吠叫聲，彼此推擠著想要遠離猛犬。塊頭最大的布魯諾突然轉身差點就撞倒幸運。恐懼的氣味讓人暈頭轉向。幸運的心砰砰跳著、耳朵嗡嗡作響，下意識地想要立刻逃命。但是要逃到哪裡去？離開這棟房子的唯一一條小徑，被猛犬阻擋、持續拍打岩岸的寬闊湖水圍繞著他們。幸運甚至懷疑瑪莎是否能夠在這樣的洶湧浪濤中存活。

「我們怎麼辦，艾爾帕？」布魯諾大喊，甩動厚重的深棕色毛髮。

狼犬不動聲色、呆愣地站在硬石子路面，目光望向寬闊湖水，或許跟幸運一樣，想著能否游過這片大湖、獲得自由。

「這湖水洶湧得像在發怒。」黛西哀鳴著、從小徑上的水窪中抬起前腿。

幸運的耳朵向後豎起。黛西沒說錯，水勢愈來愈洶湧——就像在洞穴裡時不斷上升！一想到當初大家很快地就被困住，幸運的胃一陣翻攪。湖水究竟會漲到多高？是否會淹過硬石子路面？他們無法逃向陸地——猛犬們再度出動、整好隊朝他們接近。荒野狗幫的成員將何去何從？

逃進建築物裡！

艾爾帕依舊在原地怔住不動，一切就等幸運做出決定。「我們必須進去那棟房子裡！」他大喊。「那裡肯定可以找到出路！」

狗幫成員們正需要明確的指令，他們停止相互推擠，轉而衝向條紋建築物，在建築物底端一陣嗅聞。月亮正忙著嗅聞時，小黛西將腳爪緊貼著牆壁、急著尋找入口。

「你們無路可去了，在街頭混的傢伙！」刀鋒壓低嗓子說，她在湖邊小徑上站起身，怒視著幸運和荒野狗幫的成員。

幸運認出刀鋒身旁的兩隻副手——麥斯跟短刀，他們的毛髮在潮溼空氣中更顯得光亮。他還認出站在狗幫最後面的小狗。

是大牙……至少，他不是站在刀鋒身邊，雷霆不必跟他正面衝突……霎時，猛犬狗幫的狗向前猛撲，朝他們大聲吠叫。

「快！」幸運大喊，奮力跑向條紋建築物的另一側。雷霆雖然跟著他跑，但卻憤怒地回頭張望。

她想要迎戰……他知道逃竄違反雷霆的天性，但是她根本不可能憑藉一己之力對付她的同類。

「快走呀，雷霆！」他催促。

她嗤之以鼻，卻什麼話也沒說。

「大門在這裡！」麥基在前方喊。「可是上了鎖！」

狗群們在木製大門外圍成半圓形。

幸運朝大門猛衝、用後腿站著、腳掌猛力衝撞著潮溼的木頭大門。木門裂開了卻仍紋絲不動。**大家一起用力的話，或許有用**……

刀鋒的聲音從湖邊小徑傳來，而且愈來愈近。「在街頭混的傢伙和那個雜種狗軍團到哪兒去了？」

荒野狗幫的成員們無不驚恐地吠叫、彼此推擠。寬闊湖水激起的浪花拍打在岩石上時，在狗群裡推擠的幸運，腳掌也被水花濺到。他奮力掙開推擠著的同伴、急切地環顧四周。**艾爾帕在哪兒**？**他為何什麼都沒做**？幸運憶起狼犬曾經在大家急著奔向森林時，因爲天空出現層層密布的烏雲而亂了陣腳。這回他又重蹈覆轍！

雷霆在一陣瘋狂吠叫聲中大喊。「幸運，快想辦法開門。我會設法阻止他們！」她開始用她那顆有力的頭顱，鑽出推擠的狗群，朝一旁的湖邊小徑前進，刀鋒率領的狗幫此時正在那裡集結、列隊前進。他們跟雷霆一樣，一點也不在乎濺潑到湖邊小徑的水花。

幸運幾乎喘不過氣來。「不！」他轉過頭去。「雷霆，你會沒命的！」

小猛犬完全不理他，準備迎向她的猛犬狗幫同類。現在他們彼此相隔一段距離，對方聳立在她面前，他們低下頭、背脊高聳。

刀鋒的聲音既冷靜又尖細。「跟這群雜種狗一起生活只會毀了你。現在該是教你拿出猛犬本性的時候。」

雷霆穩穩地踩在硬石子地面。「我不需要你的指導。」她一臉不屑。「我知道自己的本性，跟你一點都不像。」她的嘴唇向後噘起、露出銳利的白牙，甚至連帶著光澤的牙齦露了出來。「我絕對不會跟你一樣！」她啞著嗓子說。

幸運簡直不敢相信自己的眼睛。雷霆竟表現得如此氣惱、如此自信滿滿。他見不到她散發出任何恐懼、軟弱或遲疑，她壓低著下半身、準備隨時向前猛撲。刀鋒抬起頭，兩隻猛犬立刻衝向雷霆，阻止她靠近他們的艾爾帕。他們猛咬她的頭頸，迫使她沿著湖邊小徑朝房子退去。

雷霆可不願輕易放棄。她猛揮對她發動攻擊的猛犬頭部，用力將對方摺倒後轉過身去，猛咬另外一隻猛犬的頸部，直到對方痛苦地哀嚎。先前發動攻擊的猛犬找回平衡後，卻失去信心地退縮不前。他瞥向刀鋒，只見她的眼神帶著怒火、嘴唇抽動。

幸運轉身面對貝拉和甜心。「我們得設法進去屋裡！進到屋裡才有防禦優勢——他們不可能從各個方向發動攻擊。你們盡可能打開那扇門！」他在同伴間找不到艾爾帕的身影。「我們必須去協助雷霆！布魯諾跟春天，你們也一起去！」幸運向前猛衝，試著表現出英勇的一面。他撲向離他最近的一隻猛犬。他知道自己與擅長攻擊的狗鬥毆，絕對不會佔上風——他支持不了太久——但是如果他能將猛犬狗幫逼到湖邊小徑邊緣，說不定大浪會讓他們害怕。

他對湖水之犬所知不多，甚至不知道她是否存在。但是爲了避免有什麼閃失，幸運仍對她說了禱告詞。

掌控著大片湖水、令人生畏的河水之犬，請保護我們，讓我們安全無虞。

刀鋒的訕笑打斷他的思緒。「快抓住那隻街頭混混和那些渾身惡臭的寵物狗！」

幸運暫時闔上眼睛、默默誦唸著：**湖水之犬，我們是祢的朋友——請庇祐**

我們平安無事，讓惡犬得到教訓。

他帶著罪惡感抽動了一下尾巴。他是否應該詛咒自己的敵人？萬一湖水之犬因此不願再保護他的同伴。幸運沒有時間繼續思索這個問題——猛犬們正逼近他。他作勢要衝向麥斯，只見猛犬朝他站起身、露出閃閃發亮的尖牙。對方向前猛撲，幸運閃到一旁、滑進鹹水裡，水花噴濺到猛犬的雙眼。麥斯踉蹌地向後奔逃，迫使猛犬狗幫的前鋒部隊紛紛逃往湖邊小徑，跑向洶湧的浪花。

「當心點！」其中一隻猛犬咆哮著推開跌落在她身上的另一隻猛犬。

「你竟敢這樣跟我說話！」另一隻猛犬不甘示弱。

濃霧在他們之間瀰漫開來，幸運一時之間分不清方向。在他瞥見春天和布魯諾的身影後才重燃希望，他們沿著小徑向前猛衝，前腳用力踩進鹹水池內，水花因此潑灑在猛犬身上。幸運接著步步進逼，朝猛犬狗幫大聲吠叫，將對方逼向水邊。猛犬狗幫因此亂了陣腳，在濃霧中彼此踐踏、吠叫。

「冷靜！」刀鋒怒吼。「猛犬們堅守崗位！這群雜種狗嚇不倒我們！」

「但是艾爾帕，再這樣下去我們全會落水啊！」其中一隻身在濃霧中的猛犬哀號著。

「我不在乎你們是不是落水，只要你們奮戰到最後一刻！誰敢落荒而逃，我肯定會親自收拾他！」刀鋒的聲音因爲憤怒而顫抖。

猛犬狗幫的成員接受命令後，全部都集中注意力。其中一些狗兒朝幸運、布魯諾和春天齜牙咧嘴，其他猛犬則衝向荒野狗幫的其他成員。

幸運倏地轉身尋找雷霆。他見到她離刀鋒幾步之遙。小猛犬一動也不動地直盯著她。

霎時，一個刺耳的嚎叫聲劃破空氣。「野蠻之子！」

幸運隱約見到艾爾帕站在湖邊小徑的另一端。他的前爪掛在硬石子路面上，下半身卻隱沒在浪花的白色泡沫裡。幸運寒毛直豎。**他肯定是為了躲避猛犬，才沒發現自己有多靠近湖邊！**

艾爾帕需要協助。荒野狗幫的成員大多藏在建築物後方。幸運只聽見他們想要破門而入的使勁吠叫聲。他環顧四周，布魯諾和春天正忙著閃躲猛犬的攻擊。幸運想要突圍去營救艾爾帕，卻被短刀阻擋了去路。他的目光越過猛犬的肩膀，看見雷霆離狼犬很近，但是幼犬卻佇立不動、無視他的嚎叫。

「野蠻之子！野蠻之子，快幫我！」他用他替雷霆取的那個名字喚她。狼犬拚命用爪子扒抓硬石子路面。他匆匆向後瞥了一眼，一個大浪漫過湖水，眼看著就要淹過他。大狗狼狽地緊貼著路面——灰撲撲的毛髮悽慘地糾結成團、眼裡帶著懇求。「野蠻之子，求求你！」

雷霆的目光冷冷地落在艾爾帕身上一會兒。接著，她轉身面對刀鋒，撐起下半身。

「逮住他們的艾爾帕！」刀鋒咆哮。

麥斯立刻露出尖牙、衝向狼犬。

「艾爾帕，我來救你！」幸運大聲叫嚷著閃過短刀，衝向小徑的另一端。

狼犬似乎沒聽見他的聲音。他睜著黃色大眼睛，看看刀鋒再望向麥斯。他躲開了猛犬的副手，一個大浪打來，對方被遠遠拋到湖邊小徑的另一端，大浪打在硬石子路面上，留下一堆白色泡沫。

「救命！」艾爾帕大聲呼喊。

眼前朦朧得難以看清一切，幸運只得用前爪揉揉雙眼。大浪像嘆息般地退去，流回寬闊湖水中心。幸運朝湖水小徑邊緣飛奔，身體壓在溼透的腳掌上。

艾爾帕的深色頭顱從充滿泡沫的碎浪中露了出來。

「撐著點！」幸運大喊。

情況不妙。狼犬漂出小徑，被沖往無法救援的寬闊湖水。幸運驚恐地望著艾爾帕抬頭、呼救。他的聲音隨著他被泡沫吞進水裡，而變成了咕嚕聲。

第十五章

幸運嚇得瞠目結舌。他望向滾滾浪濤、等著狼犬破浪而出、掙扎上岸。有那麼一瞬間，他幾乎忘了猛犬正在他身後等著對付他，拍打上岸的鹹水浸溼了他的毛髮。他突然想起自己對湖水之犬的禱告詞——**我們是你的朋友，請庇祐我們平安無事，讓惡犬得到教訓……**他突然岔開思緒，覺得頭輕飄飄的。我並不是指艾爾帕！

一連串的瘋狂吠叫將幸運拉回現實。他立刻轉向濃霧瀰漫的湖邊小徑，猛犬們正在攻擊布魯諾和春天。春天一如其名，對敵人的攻擊展現出輕盈的活力。布魯諾相較之下就吃力多了。啞著嗓子的老狗齜牙咧嘴地咆哮著，身體卻不如春天靈活，猛犬們正逐漸逼近他。雷霆則完全無視周遭的混亂局勢、異常冷靜地緩步接近刀鋒。

「雷霆！」幸運大喊，「布魯諾！春天！我們必須回到長爪的房子！」**萬一同伴們已破門而入……**

這句話對布魯諾和春天說一遍就夠了。他們立刻掉頭跑向建築物。

雷霆卻像是不願撤退地怔住不動。

「現在就走！」幸運咆哮，仍舊不敢相信艾爾帕就此被寬闊湖水吞噬，艾爾帕落水的畫面一直在他心裡揮之不去。**別想了！**他對自己說。**要是讓猛犬追上我們，大家就等著同歸於盡！**他盡可能大聲呼喊，喊到都啞了。「雷霆，快走！」

雷霆不情願地轉過身去，吠叫著奔到幸運身邊。他緊跟著幼犬沿小徑前進，不讓她落單。當她想要轉身迎向刀鋒時，他立刻用頭推她離開。「快走呀！」

他倆在溼滑的石頭上打滑，猛犬狗幫緊跟在後，不斷朝他們吠叫。幸運在洞穴裡受了傷的前腿隱隱作痛，嘴巴乾渴得像要喘不過氣。儘管四周充滿了水氣，但帶著鹹味的空氣仍像是吸走了水分般。

荒野狗幫的四名成員急忙沿著長爪的建築物後方前進，及時見到貝拉和甜心正朝木門前去。幸運回頭看見猛犬與他們相隔一段距離，仍在湖邊小徑另一端。他的心裡燃起希望。他們說不定能逃過一劫！

一個大浪打來，撞擊在岩石上、濺潑在湖邊小徑上。

「猛犬們，撤退！遠離湖邊小徑！」刀鋒的咆哮聲幾乎淹沒在大浪中。

「一切還沒結束，你們這群鼠輩！」

幸運現在沒心思擔心猛犬。儘管一想到他們在沙灘上列隊，等著湖水平靜的景象，還是有些害怕。艾爾帕已經死了——其他狗幫成員卻還不知道這個消息。總得有隻狗帶領著大家找到安全的避難所。他必須打起精神。

建築物靠近岩石的那側長期承受著大浪漫過路面時的浪花摧殘。浪花打在幸運身上時，引得他一陣退縮。起初，他以為不會有事，但是浪花不斷拍打在他的身上、將他沖得四肢漂浮。他張嘴想要呼喊，卻滿嘴都是鹹水，讓他驚恐萬分，**我無法呼吸**！等到大浪退回岩岸，他不斷咳出嘴裡的水，這才重新站好腳步。

幸運突然聽見一聲驚恐的哀號，他見到陽光在退回岩石的小水窪裡打轉。瑪莎把小白狗叼到安全處。甜心和貝拉也都站不穩腳步，驚險萬分地滑到小徑邊緣，掙扎著返回長爪的房子。

幸運吐淨最後一口鹹水，不安地望向岩石堆。他的胃一陣翻攪。濃霧消散，幸運見到寬闊湖水裡有巨浪翻騰，威力更勝過前一次的大浪。儘管大浪距離還遠，但移動速度卻不減，一路聚集了許多能量，筆直地朝長爪的房子前進。他們全都會被捲進這波大浪裡！

「陽光，快進屋裡來！」他啞著嗓子喊。

陽光奮力奔向房子、從開啓的大門進入。瑪莎、甜心和貝拉緊跟在後。幸運站在條紋建築物的入口處。「你們全都進屋裡來──快！」

麥基和黛西立刻聽從幸運的命令，躍過水池、衝進建築物內。史奈普、達特和布魯諾也緊跟在後，懷恩的小短腿也拚了命地移動著。

幸運舔了舔嘴唇，無法擺脫充斥嘴裡的鹹味，他試著找出還有誰沒進屋裡來。大家是否全都進屋裡了？他穿梭在狗幫成員之間──甜心、史奈普、布魯諾、麥基……

甜心優雅的臉龐出現在入口處。「艾爾帕在哪？」

幸運感到一陣驚慌，腦中浮現灰色頭顱被浪花呑沒的畫面。

她似乎明白了一切，垂下頭發出嗚咽。

洶湧浪濤正怒吼著朝建築物而來。「我的孩子們！」月亮大聲呼喊。「我的孩子們在哪兒？」

幸運瞪大眼。「他們不在屋裡？」

月亮搖晃著她黑白相間的頭顱。

幸運驚慌地繞了一圈。「有誰見到春天？」

「湖水之犬帶走了他們！」貝拉大喊，看向岩石堆的白色泡沫處，只見三個黑影漂浮其中。

瑪莎聽完、立刻衝出長爪的房子，邊堅定地吠叫邊衝向岩石。

「瑪莎，不！」甜心大喊。

深諳水性的大狗絲毫不加理會，衝向岩石堆、跳進寬闊湖水。

幸運跟甜心奔往湖邊小徑的邊緣，大浪在岩石上激起水花。甲蟲和荊棘浮出水面，前爪在白色浪花中亂扒。瑪莎奮力地游向他倆。

荊棘見到手足的頭被大浪吞噬，不禁嚇得大叫。

月亮則趕往湖邊小徑的盡頭、登上岩石堆。

「不！」甜心大喊。「要是你被大浪給吞沒，就沒辦法救孩子了！」

農場犬猶豫了一會兒，藍色眼睛閃過一絲恐懼與不確定。

瑪莎拚命拍打著腳爪前進，幸運屏住呼吸望著瑪莎把頭埋入水中。過了一會兒，她那顆黑色頭顱再度浮出水面，緊緊咬住甲蟲的頸背，其中一隻腳爪緊抓住荊棘，游向岩石堆。

幸運、甜心和月亮望著大狗在大浪中奮力游著。她的目光堅定、四肢拚命地拍打著。眼看著一道巨浪朝向他們前進，幸運的胃不禁收緊。**河水之犬是否會庇祐瑪莎度過難關**？他納悶著。**湖水之犬和河水之犬想必是手足**，這應該是件好事。當他心中閃過大牙與雷霆時，感到四肢一陣緊繃。並不是所有手足都懂得相親相愛……

幸運的腳掌緊貼著岩石堆站立，相當佩服瑪莎的驚人體力。她帶著幼犬們逐漸靠近岸邊。

「當心點，幸運！」甜心看見他登上岩石堆便提醒他留意。才說完，幸運的腳底一滑，差點被銳利的石頭割傷，不過他弓起背、保持身體壓低的姿態。瑪莎此時游到他的下方，他盡可能壓低身體向她靠近。一陣大浪打來，大狗跟幼犬們又被沖離岸邊，但瑪莎用盡力氣向前推進，直到另一隻空著的前爪緊抓住岸邊岩石。

幸運低下頭，等候著下一個浪頭將幼犬們朝他推近。一待浪頭將他們帶向他，他立刻抓住甲蟲的脖子，將渾身溼透的幼犬拉上岸邊的石頭——他們焦急的媽媽等候著的地方。

「幸運！」瑪莎大喊。

他轉身返回岸邊。荊棘已經毫不畏懼地抓扒著石頭，但是力氣不夠、無法登上岩石。瑪莎將她用力一推，幸運用牙齒將幼犬咬上岸。

甜心協助月亮將筋疲力竭的幼犬們帶進建築物裡。

幸運在濃霧中見到一個大浪，越過其他小浪頭，正朝岩石堆前進，而且威力看來不小。

「瑪莎，你得盡快上岸！」幸運大喊。

大黑狗依舊在水中漂浮著、大口喘著氣。她看起來像是用盡了力氣，無法登上岩石堆。但是她卻沒試著上岸，開始朝向寬闊湖水游去。幸運跟著她的目光望去，看見水中有個黑白相間的身影。

「春天需要協助！」瑪莎大喊。「我想我應該幫得上忙！」

幸運在岩石堆上徘徊，看見長毛狗在水中載浮載沉、離陸地愈來愈遠。她其中一邊長耳朵突出於水面，另一隻耳朵遮住了眼睛，像是暈了過去。

幸運奮力大喊。「太遲了！你做什麼都沒有用的——任誰都改變不了。春天現在已經屬於地犬所有。」

「不！」瑪莎搖晃著她的黑色大頭哭喊。「我不會讓她被湖水之犬帶走，我不會棄她不顧。」她在水中掙扎著，回頭望向春天，不確定自己應該怎麼做。

幸運直盯著那個即將打向他們的大浪。「瑪莎，請你趕快回頭！」他抬頭、半豎起耳朵。「如果你朝大浪游去，會沒命的。狗幫需要你！」

瑪莎轉身望向他。她用爪子緊抓住岸邊岩石，喘著大氣、奮力攀在岩石上。「春天孤單無助地在水面漂流。」她難過地說。「湖水之犬奪走了她的性命，現在地犬將會找到她。她的狗靈將被困在這裡——她不會跟她的先祖們重逢、返回大地。從此將永遠在冰冷的水面漂流。」

幸運將嘴貼近瑪莎的耳朵。「地犬總是在狗兒的大限之日帶走他們。」他輕聲說。「她一定會找到春天。」

瑪莎望著他、感激地點點頭。幸運跟在步履蹣跚的瑪莎身後返回長爪的房子。從大門進入後，看見一道彎曲的樓梯。幸運嗅聞樓梯——狗幫的其他成員們肯定在樓上，希望他們平安無事。

幸運聽見洶湧巨浪拍打著岩岸時製造的怒吼。「快點！」他大喊。他跟瑪莎快速地沿著彎曲的樓梯向上跑，大浪從開啓的大門入口濺潑進來。幸運的背脊一陣發涼。**這個浪有多高？樓上是否安全？**

他倆沿著樓梯向上跑時，大水不斷從下方湧入，但潮水不久後就退去。幸運不敢冒險——他催促瑪莎登上樓梯，直到樓梯盡頭。

長爪的房子頂端只有一個寬闊的圓形房間——幸運一路沿著牆面前進時，就已經看見這扇巨型透明石窗。房間入口處有個透明石球，狗幫成員們飽受驚嚇地圍著它聚攏在一起。幸運跟瑪莎進來後，他們這才鬆了一口氣。大狗筋疲力竭、喘吁吁地趴躺在地。幸運跟著趴在她身旁。

「謝天謝地！」甜心起身舔了舔他們的鼻子。

「艾爾帕呢？」布魯諾問。

達特站起身、焦躁不安地睜大棕色眼睛。「你們有沒有看見春天？」

幸運垂下頭、緊貼著堅硬地面。「湖水之犬帶走了他們。」

眾狗瞠目結舌、陷入沉默。達特蜷縮著貼近牆面、不斷顫抖。

「也許我們不該來這裡。」雷霆拉高聲音說。

「難道你寧可待在湖邊小徑上？」甜心怒斥她。

麥基發出哀鳴、低下頭，把頭緊貼在伸長的前腿上。「我可不想再回到那裡。很抱歉把你們帶到這個危機四伏的地方。這裡跟一般的長爪房子很不一樣，而且沒有東西可以吃。在經歷過這麼多困難之後，我早該知道的。」

「眞希望我沒見到這棟房子！」甜心哭喊。「現在我們全被困在這裡。」

「萬一湖水之犬持續生氣？」月亮接口。「她帶走了艾爾帕和春天，還差點帶走我的孩子們……」

達特嗚咽往牆面貼得更緊。

「她很快就會停止的。」幸運裝作很有自信地保證。「她並非總是如此。寬闊湖水曾經十分平靜，很快就會再度恢復平靜。」

貝拉靠向幸運。「要是猛犬還在等著我們，該怎麼辦？」她喃喃說著。

幸運還來不及回答，雷霆便厲聲回應。「如果他們膽敢待在那裡，我們可得好好對付他們！因爲刀鋒的關係，我們失去了兩名狗幫成員——我們得給這群野獸一點教訓，血債血償！」她的聲音在這棟充滿石牆的房間內迴盪著。

幸運全身發顫，卻不做任何回應，他的頭依舊緊貼地面。他聽見洶湧海浪拍打著下方石頭的聲響，不斷衝擊著岩岸的波濤聲淹沒了所有的聲音。

湖水恢復平靜的瞬間，幸運才清楚聽見狗幫同伴們發出的侷促不安的哀鳴聲。接著，他聽見了另一個聲音——來自一隻狗兒胸腔內的憤怒咆哮……小猛犬一心想要報復的聲音。

第十六章

幸運驚醒過來、冷得發顫。穿透透明石的灰色光線並未帶來一絲暖意。現在是白晝，但是天空佈滿厚厚的雲層，太陽之犬鮮少露臉。

待在長爪的房子裡冷得直打哆嗦。至少，這個地方能夠遮風避雨。甜心已經醒來、正在梳洗。布魯諾正以後腿抓搔耳朵，哈著氣詛咒要命的寒冷。

幸運頭一個想到的是浮在寬闊湖水的春天，棕黑色夾雜著白毛的狗被捲進了浪裡。他的喉嚨一陣緊繃、發出嗚咽。他的思緒轉而想到艾爾帕的最後身影，他拚命攀附在湖邊小徑邊緣、哀號著向野蠻之子求救。然而，雷霆卻無視艾爾帕的求援，逕自迎向刀鋒。

幸運嘆口氣，眞希望能夠忘記這些。這時，他的腦中突然出現自己正在挖洞，把他們埋進洞裡獻給地犬的畫面。**不，她不會接受他們**。

他伸展四肢，把前爪伸到面前。他的四肢因爲寒冷而僵硬，他幾乎都能聽見僵硬的骨頭在皮膚底下發出咯咯聲響。他毛髮被打上岩岸的水花浸溼，現在已經結了一層霜。他記起月亮的建議，於是起身甩動毛髮。他的肚子從飢餓的疼痛轉爲麻木，感覺四肢異常沉重。

霎時，空氣中響起一個長長的悲慟嚎叫，嚇了幸運一跳。

嚎叫聲喚醒了所有狗幫成員，大家面面相覷，不知道發生了什麼事。

「怎麼回事？」甜心問。

幸運緊蹙眉頭。嚎叫聲穿透牆面，讓幸運想起城市裡的籠車也會發出類似的震撼轟鳴聲，當時長爪們還住在城市裡。「這聲音像是來自建築物……」

貝拉甩動耳朵。「房子會嚎叫！」

幸運望向妹妹。他不知道原來房子會說話。他們並沒有生命——是吧？他想起房間裡那顆沒有生命的透明石球，模樣有點接近替長爪在夜裡照亮街道的街燈，只不過這顆透明石球不但巨大而且不會發出光芒。難道房子見到春天和艾爾帕被湖水之犬帶走而難過？

「它的聲音聽起來似乎很悲傷。」甲蟲貼近月亮、喃喃說著。

在早晨的微弱光線中，月亮的眼睛看來灰濛濛的。她的耳朵下垂、尾巴垂在身後。她的哀鳴聲與房子嚎叫聲交雜著。甲蟲與荊棘跟著加入發出哀悼的高音。不久，狗幫成員紛紛跟著長爪的房子嚎叫，呼喚著月亮之犬和太陽之犬，儘管朦朧的天空中見不到他們的身影。

幸運闔上眼、仰起頭。**噢，看照萬物的神靈之犬，請引領失去了生命的狗幫成員前往安息之地。讓他們的狗靈與地犬找到安息。**

當他睜開眼睛時，透過透明石看見水鳥。幸運見到水鳥在天空盤旋，心痛地納悶著自己何時能像這群水鳥般享受自由——如同大咆哮前，他曾經有很長一段時間是隻自在的獨行犬。他垂下目光，狗幫的成員們全都疲憊不堪、毛髮凌亂。他們不但飢腸轆轆且口渴難耐。幸運嚥了嚥口水，無法擺脫嘴裡的鹹味。他多麼想要啜飲一口冰涼乾淨的泉水，一想到這他忍不住舔了舔嘴。

「我們不能待在這裡。」他對其他成員說。「這裡找不到食物。」

「湖水之犬十分危險。」達特嗚咽著說。「如果像艾爾帕這樣的狗都會被她帶走，我們無一能倖免。」

毛髮糾結的陽光哭喊著說。「但是要離開這裡，就表示要越過可怕的湖邊小徑，不是嗎？」她忍不住顫抖、向後退了一步，意外地撞上布魯諾而嚇了一跳。「萬一猛犬在那頭等著我們？」

她說得有道理。「我可以去瞧個究竟。」幸運說。

「不！」陽光制止他。「別單獨前往。」

「我不會被抓到的，不會有事。」幸運走到陽光面前，安慰地舔了舔她的鼻子。

「我也可以一起去嗎？」雷霆站起身問。

「不行。」他迅速回應。他不能讓她去挑戰整個猛犬狗幫的狗。「派隻狗去打探就夠了，不要冒險。」

雷霆看起來像是要抗議，卻忍了下來。

幸運步下樓梯，小心地不要在硬地板上的水漥打滑。抵達房子底部後，他向外窺探。外面瀰漫著白色濃霧。水面上升起的濃霧阻礙了視線、讓人難以行走。他聽見腳下原本不斷翻騰的浪花，已經如預期地平靜許多。浪花依舊拍打著岩岸，不過已經不再濺潑到他們身上。

他走到長爪的房子邊緣，房子持續嚎叫著，幸運的耳朵向前擺動，試著從哀悼的嚎叫聲中分辨出其他聲響。寬闊湖水雖然籠罩著濃霧，不過飄散到湖邊小徑上的霧並未遮蔽視線。幸運壓低身體、緩緩靠近湖邊小徑。四周並未出現任何動靜。

他放鬆肌肉、緩緩地嘆了一口氣。**這裡沒有任何狗的蹤影**。

幸運突然聽見身後傳來腳步聲，他抽動鼻子，聞到猛犬的氣味。胸口裡的心臟噗通噗通跳，他轉身看見雷霆。他的前腳重重踩著硬石子地面。「我不是叫你別來！」

他原以爲小猛犬會齜牙咧嘴，堅持要報復她的同類狗幫。讓他驚訝的是，她壓低上半身、深埋著她的頭，臣服地望向幸運。

「我知道我不該跟著你過來，幸運。但是我很擔心你獨自前往。我很抱歉以前總是容易動怒。我已經厭倦老是躲躲藏藏，但是我並沒有挑戰你的意思。」她的目光越過幸運，望向湖邊小徑與沙灘交界。「我怕萬一猛犬發現你，你會需要協助。」她的聲音中似乎透著失望，說完後舔了舔嘴。

幸運感激地磨蹭她的耳朵。「不要緊，我能夠諒解。」他喃喃說著，儘管他仍擔心幼犬想要正面迎戰刀鋒。

他們返回長爪的房子，呼喚其他狗幫同伴的加入。大家低著頭、意興闌珊地越過小徑。幸運望向岩石堆，感謝這片霧來得正是時候。要不是水面升起一片霧，大家恐怕會看見春天跟艾爾帕的屍體在水面上漂浮。他不希望他們的屍體仍在水面漂浮——湖水之犬在面對這兩隻不受眷顧的狗的死亡時，已經慈悲地將他們的屍體漂送到離這裡很遠的陸地上。那個地方的棕黑色土壤會很柔軟、覆著黃沙的地面不會太堅硬，地犬會在那裡迎接他們。

狗幫沿著寬闊湖水的沿岸爬上坡時，幸運不禁想到了崔奇。**春天想要跟他再見一面，現在她的心願再也無法達成了**。他希望自己有辦法讓崔奇知道，她的妹妹已經不在人世了。

他們喘著大氣地登上陡坡、爬上懸崖。雖然不見猛犬狗幫的蹤影，但是幸運老覺得他們隨時都會從後方石頭蹦出來。

幸運帶領著荒野狗幫成員，不時回頭張望、確保沒有任何一隻狗落單。隊伍凌散不堪，溼透的陽光渾身髒兮兮，不斷抱怨著沾在毛髮上的黏滑水草形成綠色污漬。布魯諾喘著氣一瘸一拐地走著。月亮則是緊緊依偎著荊棘和甲蟲，護著他們以免摔落懸崖、確保他們的安全。「別走得太快，慢慢來。」她輕聲說著。

甜心和貝拉緊靠著幸運前進，團結一致地往上攀爬。瑪莎跟在他們身後，低垂的頭顱幾乎碰到地面。筋疲力竭的大狗似乎沒有力氣抬起腳。**她用盡氣力地把甲蟲跟荊棘救上岸**，幸運心想。**而且自責自己沒能救回春天**。

懸崖小徑既荒涼又崎嶇。刺骨寒風吹拂過寬闊湖水。至少，他們在岩石隙縫間找到幾個清澈的水窪。幸運心存感激地喝著水，心想終於能夠除掉舌頭上的鹹味。

大家在抵達懸崖頂端後，紛紛停下腳步喘氣。這裡有片空地，沙地跟四處散佈的光滑大石間生長了尖刺的雜草。從最高點向下望，幸運看見了紅白條紋建築物的全貌。建築物依舊發出哀悼似的嚎叫聲。幸運在瀰漫的霧氣間看見了寬闊湖水。湖水不斷拍打著岩岸，浪花的高度比前一天和緩許多。他的眼前出現狼犬跌落水中時、驚恐的表情。他的身體是否因爲撞到岩石堆而折斷碎裂？幸運低下頭以表尊敬。他也許不喜歡艾爾帕，但是沒有一隻狗應該以這種方式死去。

這全都是刀鋒和她的狗幫造成的。**她為什麼不能離我們遠一點**？幸運明白所有問題的答案都跟雷霆有關。刀鋒一直認爲幼犬是從她的手裡被偷走的。雷霆跟著荒野狗幫的一天，刀鋒就絕對不會善罷甘休。**艾爾帕也很清楚這點**。**他說過事情會以災難收場**。幸運用眼角餘光望向雷霆。她正跟狗幫其他同伴站在一起、討論著狩獵小徑。

甜心正在下令。「麥基跟史奈普，我要你們沿著小徑、攀上懸崖，看看四周的峭壁是否有獵物的蹤影。帶雷霆一起去，每隻狗都必須找機會休息。」

幸運回憶起不久前的事，頸部後方因爲不安而緊繃。狼犬攀在湖邊小徑邊緣時，小猛犬是否聽見了艾爾帕的求救？

「雷霆？」幸運下意識地問。

幼犬立刻轉身、搖著尾巴蹦蹦跳跳地迎向他。她抬頭、吐出舌頭。「什麼事，幸運？」她睜大眼睛問，想得到他的認可。

幸運的聲音輕柔許多。「多帶些野味回來。」

「我會的！」她開心地回應，轉身跑向甜心跟狗幫同伴。

她的聽力一點問題都沒有。

幸運望著雷霆跟著史奈普和麥基離開的這一幕，內心感到十分沉重。他們沿著懸崖邊緣的小徑，消失在一堆亂石後方。

他感覺肩膀被輕碰了一下，轉身見到了甜心。

「他們應該會帶些戰利品回來，我一路上看見許多兔子的排泄物。」她試著表現出樂觀，但是她的雙眼像是罩著一層陰影，說話時渾身顫抖。她的身材纖瘦、留著好看的短毛。**她肯定比我還要冷**，幸運心想。

「快過來休息。」他見到石頭間有處可以阻擋冷風的傾斜地。他領著她前往避難處，甜心嘆口氣、趴躺在地。幸運用身體包著她。她冷得直打哆嗦。

幸運舔舔她的脖子，盡可能暖和她的身體。「還記得大咆哮發生當晚，我們倆在陷阱屋彼此相依的事？我無法透過磚牆看見你，卻感覺得到你的存在。」

「我當然記得。」她闔上眼、喃喃說著。

他望著她好一會兒，儘管這一路上經歷過許多波折考驗，她嘴邊的光滑毛髮依舊雪白、乾淨。她背部的毛髮像是沙灘的顏色，太陽之犬難得將光芒投映在寬闊湖水的岸邊。當年他們被困在陷阱屋時，她身上的氣味如此芳香且帶給他慰藉。現在她身上的氣味依舊如此芳香、甘甜，卻不再能安慰他。自從陷阱屋那天的相遇後，事情有了極大轉變。快腿犬還有很多幸運不瞭解的一面……恐懼、猜疑，卻同樣帶著堅定的力量。幸運嘆口氣、跟著闔上眼。不久便不帶任何夢境地沉沉睡去。

當幸運再度睜開眼睛，太陽之犬在天空低垂著。他環顧四周，接著記起那晚在寬闊湖邊發生的事，以及朝向他們接近的猛犬。甜心仍舊依偎在他身邊，不過她已經清醒，黑色眼瞳閃爍著光芒。她的目光越過幸運、望向霧濛濛的白色天空。「過去我在另一個狗幫不過是隻普通的狗，並非領導者。但是在大咆哮之後，事情改變了。身爲艾爾帕的貝塔變成使命。爲了生存你不得不這麼做。」她望著幸運的眼睛一會兒，然後再度移開視線、看向遠方。「我慢慢發現身爲狗幫的領袖，對我來說是很重要的一件事。你能夠理解，不是嗎，幸運？」

幸運納悶甜心爲何選在此時問他這個問題。她以前就跟他解釋過這件事。除非……**她在擔心狼犬離開後，她是否該擔任艾爾帕這個位子**？接著，他又想到，**她該不會以為我想要爭取艾爾帕的位置吧**？

幸運張嘴想要回應，卻被瑪莎低沉的吠叫聲打斷。「狩獵小隊回來了！」狗群充滿期待地搖著尾巴，在沙地上會合。史奈普的雙眼閃爍著勝利光芒，在獵物堆放上最後一隻獵物。她退後一步，展現獵捕到四隻肥美兔子的豐碩成果，大家全都爲她歡呼喝采。

「今天，每隻狗都能飽餐一頓！」麥基說，他與史奈普和雷霆交換滿意的眼神。農場犬的尾巴在空中搖擺著。

貝拉走到狩獵小隊面前，向他們道賀。其他狗兒跟著加入，紛紛表達心中的感謝。幸運不禁覺得難過，這些狗兒們老是得擔心食物，每天都活在不知道下一餐在哪裡的擔憂中。他痛苦地望向河兔，獵捕到五隻獵物的確能替他們帶來溫飽。他望向獵物堆、舔著嘴唇。獵物看起來雖然美味，但是卻無法同時填飽每隻狗的肚子。

儘管昨天一口氣少了兩名成員……

他中斷思緒，看見所有狗兒們默默地站在獵物堆前面。其中幾隻狗望著甜心，她一臉不確定地望著兔子、鬍鬚顫動著。幸運知道這是怎麼回事。**少了艾爾帕咬下第一口獵物，大家全都不知所措、不知道怎麼開始**。就連向來熟悉用餐儀式的拴鍊犬貝拉和黛西也都猶豫著。

甜心清清喉嚨、表情堅定地抬頭。「既然現在沒有艾爾帕帶領，我們應該一起享用獵物、平均分配食物。稍後再想辦法解決領導者的問題。」

飢腸轆轆的狗兒們一聽到這裡，便紛紛衝上前享用美味的兔肉，在獵物堆前狼吞虎嚥，直到一點都不剩。當大家飽餐後在沙地上清理腳掌時，月亮爬到一顆扁平的大石頭上。

「狗幫的同伴們，請到這裡集合。」她提出請求。「讓我們哀悼艾爾帕的英勇領導。」

表示哀悼的狗兒們紛紛聚攏著、圍成圓圈。幸運發現大家並未發出悲慟的哀號。

雷霆眼神茫然地盯著霧的湖面。她是否還將狼犬堅持叫她野蠻之子的事放在心上？是否想起艾爾帕在湖邊小徑的最後一刻？

「我們艱困地面對一切挑戰。」月亮繼續說，「你們也展現出勇敢、忠誠與堅毅的心。」

狗兒們感激地低吠，幸運抬起頭，瞭解月亮在狗幫獲得同伴敬重的原因。農場犬的雙眼再度發出藍色光芒。「我們失去了兩名狗幫成員，春天和我們的領袖艾爾帕。」

達特低吠，她的頭垂到地面。

「艾爾帕死了嗎？」懷恩問，他的舌頭從嘴角邊露出。「我們根本無法確定！」

「沒錯，我們已經確定！」瑪莎回答。「幸運見到他從湖邊小徑落水，沒有一隻狗能夠在這麼洶湧的浪濤中存活。」

「艾爾帕跟你一樣有著蹼爪。」布魯諾指出。

瑪莎低頭看著充滿彈性的腳蹼。「就連我也沒辦法在大水中撐太久。」

月亮抬起頭望向天空，拉長聲音嚎叫。狗幫成員們紛紛仰頭加入。哀悼的嚎叫聲響遍懸崖，遠遠傳向矗立於沙岸的那棟長爪房屋。狗幫成員們聚在一起，幸運聞到彼此的氣味在空氣裡揉合，他身上的味道也融入其中，他感覺到狗兒間緊密相連的力量。

嚎叫聲終於逐漸止息。月亮跳下扁平的石頭，走向兔肉殘骸。她集中著兔子骨頭和蓬鬆的白色尾巴。

「我們將這些殘骸埋起來。」她提議。「以示對屍骨無全的艾爾帕和春天的尊重。」

麥基率先挖掘泥土，在結霜沙地上使勁揮動黑白色腳爪。狗幫其他成員跟著加入。不久就在地面挖好一個足以埋葬兔子殘骸的洞穴。甜心用後腿將泥土踢進洞內，史奈普協助將土壤踩踏平整。

月亮抬頭望向幸運。「你能替我們說幾句禱告詞嗎？你總是知道如何在這種場合說出適切的話語。」

幸運著實嚇了一跳。**我從什麼時候開始，比其他成員擅長發表談話**？但是現在沒有時間爭辯。狗幫所有成員此刻正望著他，等候他繼續往下說。

他站上扁平的石頭上，轉身面對狗群。「再會，英勇的春天，犧牲奉獻的朋友……忠心的狗幫同伴。我們會永遠懷念你。」

達特哀慟地嚎叫著。黛西安慰著這隻悲傷的獵犬，磨蹭她柔軟的耳朵。

狗群依舊望著幸運，他張大嘴又闔上。他知道自己現在得爲艾爾帕的死說些悼詞，但要說什麼才好？他記起自己初加入荒野狗幫時，狼犬待他十分殘酷。艾爾帕並不是那種富有同理心的領袖，但是他知道自己不能說這些話。幸運舔了舔鼻子。**我怎麼想不重要，狗幫成員們現在需要的是安慰**。

「再會，艾爾帕。」他壓低聲音說，「你身上有一半狗跟狼的血統，是天生的領導者。帶著無比的勇氣活在世間，如同英雄般壯烈犧牲。」這些話語宛如嘴裡含著沙，他得避免讓太僵硬的尾巴洩漏了他的不誠懇。

狗兒們並未察覺到幸運的不對勁，對他的悼詞表示默許、低頭以示尊敬。幸運步下扁平的石頭後，甜心走上前默默感謝他。「你是隻優秀的狗，知道狗幫同伴們現在需要聽什麼。如果艾爾帕活著，他也會感謝你。」

不，他不會，幸運心想。**他肯定會氣我活得比他久**。

狗幫其他成員在兔子殘骸土堆默哀時，幸運走到懸崖邊。他獨自佇立、眺望著大片白霧如布幔般覆蓋著湖面。他對狼犬的回憶很複雜。他是個強悍、毫不妥協的領袖。有時候十分殘暴，曾威脅著要在被視爲叛徒的幸運身上留下烙印，還有他對待雷霆的方式。其他時候，他是隻大膽、甚至充滿機智的領袖。

幸運想到自己曾經有一、兩次目睹艾爾帕心腸軟的那一面，記起這個領袖曾經談到幼年時期的事。身上同時帶有狗跟狼的血統，對他來說並不容易，內心總是充滿猜忌、從未眞正被其中一方接納。

「永別了，艾爾帕。」幸運輕聲對著風說，「願狗跟狼的靈魂與你同在。」

第十七章

白色水鳥在頭頂盤旋時。寬闊湖水升起一片濃霧。等到濃霧散去，幸運才發現，水面變得洶湧。他站在懸崖邊緣，風吹過他的毛髮。艾爾帕那張狼一般的臉龐在他的面前掠過。狗幫成員中，只有費瑞敢挑戰他。如果這隻獵犬還活在世上，天知道事情會演變成什麼模樣？他倆一向給狗兒強者的印象，很難相信他們都已不在世上。

一個憤怒的咆哮聲劃破空氣，幸運從懸崖邊緣轉身。是史奈普。她的四肢分開站立、頸背高聳。她面對月亮站著，只見月亮齜牙咧嘴地對她咆哮。

幸運衝到他倆面前。「怎麼回事？」他問。

「這個傲慢自負的小傢伙，竟敢剝奪我的權利！」月亮氣急敗壞地說。

「費瑞是繼甜心之後的第三順位指揮者。身爲他的伴侶，我有權啃食骨頭！」

她正準備靠近獵物的殘骸堆，一根兔子的大腿骨沒有被埋進土堆裡。史奈普怒吼著、作勢阻擋她。

甲蟲跟荊棘不安地低吠，緊緊依偎在媽媽身邊。狗幫其他成員繃緊神經向後退。

史奈普眼睛滿是怒火地上前一步走近月亮。「沒有誰有權利啃咬剩餘的殘骸！我們還有其他成員，你並不比其他同伴優秀。若真要比較，你的位階明顯比我低，但是我沒像你這樣偷吃獵物！」

「你好大的膽子！這怎麼是偷竊——我不過是在行使權利！」月亮朝史奈普猛撲，史奈普也衝向她。幸運及時夾在她們之間。

「你們立刻停止！」他怒視史奈普轉而望向月亮。他的頭氣得發抖，唯有這麼做才能阻止他咬對方的屁股。「什麼位階？你在胡說些什麼？艾爾帕跟費瑞都死了，我們只能想辦法活下去。我眞是不明白，月亮。你竟然在傷感的哀悼儀式後破壞這一切……」他的目光望向兔子骨頭。「這一切爭端只爲了滿足口腹之慾。你有什麼問題？瞧瞧你給幼犬們做出什麼樣的榜樣？」

月亮睜大藍色眼睛，眼睛周圍結了一圈白霜。她離開幸運一段距離，像是被他這番話刺傷，她仰頭發出悲傷的嚎叫。「眞是抱歉！發生了好多事情，讓我措手不及、一時喪失了自我。我不知道狗幫將如何生存、如何繼續下去？」

甲蟲跟荊棘聚在她身邊，舔著媽媽的臉龐、發出同情的低吠。幸運嘆口氣、感到愧疚不已。**我實在不該如此苛責她**。

史奈普低下頭、頸背不再高聳。狗兒們在原地怔住不動，彼此偷偷交換眼神。幸運留意到甜心竟退向一邊，微微抬起頭、望著眼前這一幕。

黛西走向幸運，清了清喉嚨。「我們不該爲這件事爭執。月亮說得沒錯，狗幫的確存在大問題，對吧？沒有了領袖，我們如何繼續下去。」

貝拉抬頭。「的確。我們需要秩序，否則每次到了用餐時間或需要指引時便會遇到麻煩。一個狗幫不能沒有艾爾帕帶領。」

「但是這意味著狗兒們得爲此打鬥？難道這是傳統？」黛西問，她不安地垂下尾巴。

「狗兒們不需要爲此打鬥。」幸運向她保證，幼犬的尾巴因爲放鬆而搖了起來。「崔奇成爲狗幫的艾爾帕時，的確有個不帶攻擊性的儀式。他的狗幫希望由他來當領袖，爲此打鬥未免顯得愚蠢。另一隻狗雖然在形式上挑戰他，卻當下臣服於他，崔奇也就順理成章地成爲艾爾帕。」

「這聽起來有些奇怪。」達特喃喃地說，幸運若有所思地轉身面對她。獵犬一向跟著荒野狗幫生活。**或許她難以想像，還有其他方式可以選出領袖。**

史奈普很快就接受幸運的說法。渾身髒兮兮的幼犬甩甩身體。「也許聽起來有點怪，但是這重要嗎？自從大咆哮發生後，事情全都變了調。我只要盡力去做就行了。」

幸運感激地望著她。他看見甜心從眼角窺探這一切。儘管她細瘦的尾巴滿懷希望地搖了一下，但她卻垂下目光。快腿犬似乎無意介入這件事。**她是艾爾帕的貝塔，她比狗幫的任何一個成員都更有資格成為領袖**。幸運正想開口問問她的想法時，布魯諾卻搶先問道，「你應該來當狗幫領袖，幸運。」啞著嗓子的老狗抬高深色鼻子，「你帶領我們經過了萬般困難，比其他狗兒展現更多勇氣。」他羽毛般的棕色尾巴重重地打在地面。

麥基同聲附和：「布魯諾總有最棒的點子！記得幸運是怎麼把我們從無懼手中救出來，帶領我們爬上長爪的住處？現在提出讓幸運來當領袖的想法，又是另外一個好主意。」

布魯諾驕傲地挺胸、滿足地舔了舔鼻子。

麥基大大的棕色眼睛望著幸運。「要不是你，拴鍊犬不可能走到這一步。你教會我們狩獵，像個狗幫般團結。打從我們加入荒野狗幫後，便找到安穩的日子，這一切都該歸功於你。」

貝拉走向幸運、磨蹭他的耳朵。「艾爾帕你當之無愧，好哥哥！」

幸運驚訝地低吠，轉身面對狗幫其他成員。

「幸運是我們的領袖！」黛西高喊。

雷霆加入、興奮地跳著。「幸運是我們的領袖！」

狗幫成員們七嘴八舌地叫嚷著。幸運搖著尾巴。**但是我不想成為艾爾帕**，他對自己說。他的目光與甜心交會，她的眼神透露著痛苦。他抬頭、想要對她保證。**我不想追求這樣的頭銜！**

陽光的小短腿前後跳動著。「幸運是我們的領袖！幸運是我們的領袖！」

「安靜！」甜心大聲制止。

小狗像洩了氣的皮球，一對小耳朵服貼在頭的兩側。

甜心在忌妒我，她想成為艾爾帕，她曾親口說過。

他驚訝地發現甜心的聲音變得緩和許多。「抱歉，陽光。你知道自己製造多少噪音嗎？我們可不想要引起猛犬的注意。」

陽光回頭張望，狗幫其他成員也跟著肅靜。

甜心優雅地轉動她細長的脖子、面對幸運。「你是眾望所歸的領袖，得到狗幫成員的支持。你想成為艾爾帕嗎？」

她的態度沒有怨恨。幸運的目光一一掠過狗幫成員，回憶起大咆哮發生前，他在城市裡的生活。**當時我是隻獨行犬，樂意跟老獵人分享找到的怪異食物，以及在哪裡可以找到食物的訣竅。但是身在狗幫卻十分不同，處處講究規矩。**他打了一個冷顫，記起那段身為歐米茄的過往，艾爾帕總是分派最低階的差事給他、找機會羞辱他。懷恩老在一旁像看好戲般地竊笑，拴鍊犬的同伴們則滿懷愧疚地移開他們的目光，無法正視幸運。現在想起來仍覺得不堪回首。**我實在不想身在這樣的體系中**。

幸運坐起身，腦袋裡突然冒出一個想法。「要是我們的狗幫沒有領袖呢？狗幫完全不需要領袖帶領？」

「不需要領袖？」陽光吃驚地大喊，完全忘記甜心提醒大家應該保持肅靜的事。小狗的耳朵往後甩、開始繞圈跑了起來。「沒有領袖——你瘋了嗎？沒有領袖代替大家做決定，我們要如何生存！我們全都會餓死！」

幸運耐心地等著陽光跑上幾圈，她的小腳掌揚起沙塵。「我們全都會餓死！」她拉高聲音不斷地重複這句話，最後回到幸運面前，帶著不確定地搖著尾巴。在場沒有其他狗加入抗議，她哀嚎著趴躺在地面。她咬著糾纏在身上的小樹枝。

幸運舔舔下巴繼續說：「要是我們彼此分攤責任？」

貝拉豎起耳朵。「如何分攤？我們已經分工合作了呀。狗幫分成了狩獵隊、巡邏隊，還有歐米茄幫忙處理營地的瑣事。」

「我不是指這個。」幸運試著解釋，卻不知道該從何說起。他的提議跟狗幫的架構不同，艾爾帕在上、歐米茄在下，其中還包含其他位階。他盯著自己的腳、思考著。等他抬起頭，狗幫所有成員全都盯著他、想知道他的想法。就連陽光也停下來，不再假裝忙碌。灰色雲層飄過他們的頭頂、冰冷的雨水打在幸運的耳朵上。

他甩甩頭、深吸一口氣。「要是我們根據規則行事……」他急切地環顧四周。他究竟想要表達什麼？眞希望自己能夠找到適切的字眼！他看著地面。狗兒們全都聚在他身邊，彼此的腳緊貼在一起，但是全都儘可能不推擠其他同伴。腳爪……他倏地抬頭。「四個掌印！我們暫且稱它是四個掌印！」周圍傳來一陣竊笑。

「繼續說。」甜心的聲音帶著不確定。

幸運因爲心中的構想有了雛形而感到莫名的興奮。「我們需要四隻狗伸出他們其中一隻腳掌緊靠在一起，形成一個小圈圈。只要四隻狗就行。他們的意見將做出決定。要是我們得決定要朝哪個方向去——我們就需要有四隻狗投票決定。要去哪裡獵食？也交由四隻狗一起決定！沒有誰獨攬大權，每隻狗的意見都能被聽見。要是沒有獲得至少四隻腳掌的同意——也就是沒有四名成員達成共識——將無法做出最終決定。」

幸運發現自己吐著舌頭、上氣不接下氣，以爲其他同伴會高興。難道他們並不欣賞他的想法？他們爲什麼只想依賴一隻狗替大家做決定？只見在場狗兒們端坐在地，其中有些狗假裝在搔癢。

幸運坐立難安地嘆口氣。有時，跟這些狗商量事情就跟追逐籠車一樣——簡直比登天還難，而且不得要領！他試著告訴自己要有耐心，他望著眼前，一條石頭小徑迂迴地延伸至懸崖頂端。「你們看到那條小路嗎？我們應該去瞧瞧這條路通往哪裡？」狗兒們的目光順著他所指的方向望去，接著轉頭望向幸運。「我認爲我們應該去。」他伸出其中一隻腳掌，重重踩在地面。「我投下贊成票！現在我還需要三個同意票，就能達成決議。」

多數成員依舊一臉困惑，然而達特卻點頭表示明白。她朝向幸運所指的小徑方向望了最後一眼，嚷道：「我也贊成！」她伸出一隻腳掌緊靠在幸運的腳掌旁。「我們不能在這裡待到天黑，尤其是猛犬們就在附近。我認爲我們應該順著小路前進！」

「我也贊成！」瑪莎附和，一腳踩下她的黑色腳掌。她甩動著濃密的尾巴與幸運四目相對。「這麼說，我也成爲決策的一份子？」

「沒錯！」幸運發現達特跟瑪莎很快進入狀況，不免鬆了一口氣。狗幫其他同伴也不再像先前那麼困惑。「我們現在只差一票，就算沒有領袖也能做出決定。這樣不是很棒嗎？」

一聲嚎叫讓幸運的鬍鬚震顫。月亮走到達特和瑪莎之間、坐下。「艾爾帕總是替我們做決定。他不需要其他狗參與決策，這樣不是容易多了。」

幸運回憶起那些艾爾帕做不成決定的時刻——通常是在狼犬喪失信心時。**他曾被天上出現的黑雲嚇壞，完全應付不來這樣的狀況**。但在他死後說這些話未免太不尊敬死者。「艾爾帕現在無法領導我們。」幸運明白地指出。

「但是你可以啊。」陽光忍不住說，「幸運，爲什麼你不替我們做決定就好？」

「這麼一來不是容易多了。」史奈普附和。「如果時間緊迫的話，要讓四名狗幫成員達成協議恐怕有困難。」

幸運瞥向天空中顏色逐漸變黑的雲層。天犬正在頭頂飛躍狂奔，落下了幾滴雨水。雨水瞬間迅速落下、滴在幸運身上。狗幫必須即刻動身。「沒錯，讓我來做決定事情將容易得多。」幸運望向史奈普的眼睛。「對你來說或許輕鬆。但你難道願意像跟長爪生活時一樣，一輩子被牽著鼻子走，當一隻不用擔心、煩惱的拴鍊犬？」他嚴肅地轉身望向陽光。「難道讓其他狗替你做決定，是你為此存活且奮戰的原因嗎？你希望我告訴你怎麼思考、吃什麼、什麼時候入睡、什麼時候起床嗎？即使這意味著不分配食物給你？你得睡在溼涼的地方，冷得醒過來？」

「以階級分配食物的制度很好。」月亮辯稱。

「應該有比這種階級制度更好的模式。」幸運幾乎失去耐性地回應。雨水從他的頭頂落下，他身上幾乎溼透。「你想要當個任憑擺佈的僕役？真是無趣極了！但是不要緊，悉聽尊便。我可以替你做選擇、替你跟荊棘、甲蟲和狗幫所有成員決定一切——如果這是你希望的。」

月亮冰冷的藍色眼睛移向她的孩子們，接著望向瑪莎、幸運和達特依舊踩踏在泥地上那緊貼在一起的腳掌。農場犬不情願地甩動身體。接著，她走向前，伸出白色腳掌緊靠在幸運腳邊。「我認為我們應該沿著石頭小徑前進。」

她喃喃說著。

幸運開心不已。「我們達成共識了！」他興奮地跳著，鼻子撞向月亮、尾巴在空中搖擺著。「我們沿著小徑前進，看看它會帶領我們到哪裡。希望會抵達一個溫暖、乾燥而且有許多食物的地方，在那裡猛犬將找不到我們！」

月亮發出同意的吠叫，尾巴也跟著搖擺。「我們達成共識！」

「你看，這樣不是很好。」幸運舔了舔月亮頸項的柔軟毛髮。

陽光跟著開心起來。「我們可以自己做決定！不需要艾爾帕替我們決定一切！」她開心地說著，好像從沒想過事情可以這麼處理。

慢慢來吧，幸運心想，開始朝小徑前進。**我們終究會抵達那裡**。他不僅希望自己可以不必成爲領袖；還希望狗兒們可以替自己著想。**這是唯一能夠拯救我們的方式**，他心想。**大家急中生智，心思會變得更加敏銳**。猛犬們儘管強悍，但是幸運知道他的同伴們會變得更堅強與機智。

第十八章

狗兒們依序踏上石頭小徑，幸運緩下腳步，小心地避免走在他們前面。月亮搖著尾巴走在前方、甲蟲和荊棘走在她的兩側。麥基開心地吠叫、磨蹭瑪莎的身體。

「世界眞是廣闊。」農場犬開口說，「當年身爲拴鍊犬時，從沒想過自己會經歷這一切吧？」他環顧四周，幸運望著他的黑白色側臉。「我以前從沒見識過這樣的城市風貌。在大咆哮發生前，我只見過森林、湖泊以及長得跟你一樣高的雜草，黃沙覆蓋住地犬的蹤影，以致於見不到她的棕色毛髮。」

「我也想像不到。」瑪莎回應。「我如何想像得到這一切？我的主人雖然偶爾會帶我離開城市，但是旅途中多半待在籠車內，我根本不知道自己要上哪兒去，因爲他們總是把我關在車後面。」

「聽起來眞是可怕。」達特聽到後忍不住說，「我從沒待在籠車裡過。」

「我習慣了。」瑪莎說，「我們抵達目的地後會停下來，這些地方多半有大片的綠色樹木和一條小溪流。主人會鬆開我的狗鍊，讓我自在地奔跑，這絕對不會發生在大城市裡。忍受籠車裡的長途跋涉是値得的。」

幸運走在他們身後，看不見達特的表情，但是他聽得出她語氣裡的悲哀。

「我無法忍受老被狗鍊拴住……」

「我也不行。」瑪莎回應。「再也不必忍受這些了。」

幸運停下腳步、感到一陣喜悅，儘管最近經歷過許多艱難的挑戰，狗兒們也都相處適應得很好。雖然艾爾帕不在人世，但是他們仍會互相扶持、好好地活下去。**我們不需要領袖帶領**。他沿著緩緩上升的石頭小徑向上爬，突然感到腳步輕盈許多。小徑遠離懸崖與崎嶇路面，來到長滿能阻擋冷風直接吹襲的矮樹叢處。寬闊湖水上方掛著厚厚的雲層，但這裡比較乾燥。**我們做出正確的決定、共同做出決策**。

幸運陷入思緒中，沒見到陽光靠近，以致於差點撞上她。他這才發現其他狗兒在前方不遠處停了下來。

「怎麼回事？」他豎起耳朵問。

他看見甜心和貝拉在前方交談，他的妹妹喚他過去。

「小徑分開了，我們不知道該往哪條路走。」

幸運走上前去，明顯看見小徑分成兩邊，其中一條轉向懸崖邊緣，另外一條則轉往陸地深處。幸運望向通往懸崖的小徑，一想到刺骨寒風和寬闊湖水上方即將落下的雨水，冷不防打了一個哆嗦。**我們必須前往陸地、遠離懸崖邊緣**。他的腦海中出現艾爾帕落入寬闊湖水時驚駭的臉龐，以及春天其中一隻耳朵遮住眼睛、在水面漂浮的畫面。他真希望自己不必回想起這些。

貝拉用渴求的眼神望著他。「我們該怎麼做？」

幸運張開嘴，然後又緊閉著。**不，我不應該告訴他們應該怎麼做——這麼一來我不就成了他們的艾爾帕**。

沉默了一會兒後，小陽光開口說，「我們離開這裡吧，我受夠了這些發臭的水草味！加上天犬老喜歡在寬闊湖水上方降下雨水。要是待在這裡我們肯定會淋成落湯雞。看樣子穿過矮樹叢會是比較好的選擇。那裡比較乾燥！」

雷霆走到她的面前，對著狗幫成員說，「誰會在乎那點雨水？我們應該沿著懸崖邊、返回被棄置的城鎮。」

「那裡有猛犬埋伏！」達特大喊。

「沒錯！但我受夠了老是得避開他們。他們肯定沒料到我們敢折返，我們應該給他們來個措手不及。」

這個主意真是糟透了，幸運沉默不語。**讓大家自己做決定**。

「這是我的一票。」雷霆繼續說，「我們應該沿著懸崖前進，抵達廢棄的小鎮。」她在沙地上踩下她的腳掌。「我還需要三個贊成票，還有誰支持我？」

月亮抗議地大喊道，「返回猛犬的營地？你瘋了嗎？」

麥基睜大棕色眼睛。「我們爲什麼要選擇主動接近他們？」

「因爲我厭倦老是得避開他們！」雷霆咆哮。「要不是他們攻擊我們，艾爾帕說不定還活著。我們應該報復他們！」

幸運差點忍不住對著雷霆咆哮。**雷霆恨極了艾爾帕。她本來有機會救他，卻無視他的呼救。她根本不可能因為他的死而想要報仇。這不過是她想迎戰刀鋒的藉口！**

幸好，他並非唯一反對雷霆的狗。瑪莎重重端坐在地下巴抖顫著。「你真是隻蠢狗！」她責備雷霆。「你根本沒想到我們將陷入險境。麥基說得對，我們根本沒必要跟一群野蠻的攻擊犬對戰。」

幼犬的毛髮直豎、頸背高聳、眼裡閃著怒火。「我的手足跟這群野蠻的攻擊犬在一起。」她咆哮。「你們難道忘了他如何保護我們，不受猛犬狗幫的攻擊嗎？他並非完全跟我們劃清界線！你們難道不想將他從刀鋒手裡救出嗎？」

有著一張扁平臉龐的懷恩喃喃說著。「她的手足對猛犬狗幫來說微不足道。艾爾帕說得沒錯，雷霆應該自己回到猛犬狗幫的陣營。」他突出的雙眼望向狗幫其他成員。「她屬於猛犬狗幫。」他將自己其中一隻腳掌踩踏在地，等候其他三隻狗支持他的意見。

「你這個無恥的傢伙！」雷霆咆哮著、露出尖牙地衝向懷恩。幸運屏住呼吸。**她很可能咬掉他的頭！**

瑪莎跳到懷恩面前撞開雷霆。小猛犬摔落到矮樹叢上，抖落滿地的葉子。懷恩躲在甜心身後、害怕地發抖。

雷霆站起身、甩落身上的樹葉。她怒不可遏。「你好大的膽子，瑪莎？竟敢這麼對我！」

讓幸運吃驚的是，她竟衝向熟諳水性的大狗。她鑽過瑪莎的肚子下方，一個轉身、跳到她的背上，用前爪抓扒著瑪莎的肩膀。

陽光害怕地尖叫。狗幫其他成員驚恐地望著咬住瑪莎耳朵的雷霆。

大狗大叫著，試圖甩開身上的雷霆，但是猛犬卻用爪子緊緊掐住瑪莎的脖子。沒有誰知道雷霆咬住瑪莎濃密黑色的毛髮下多深的地方。幼犬氣得像是要傷害對方般、憤怒地睜大眼。瑪莎再度試著甩開雷霆，但是雷霆又咬得更深。接著，瑪莎仰頭、以後腿站立，用盡全身力氣，將雷霆從背上甩開。猛犬摔落地面，跳起身、往後退——準備再次衝向瑪莎。瑪莎見到雷霆朝她衝來，嚇得大叫，雷霆衝過矮樹叢，逕自衝向懸崖邊緣。

「雷霆，不！」幸運大喊。

小猛犬發現自己正朝懸崖衝去嚇得大叫，她努力止住腳步卻停不下來。其中一隻前腳滑落懸崖，小碎石紛紛落入寬闊湖水。幸運撲向雷霆，用牙齒緊咬住她的脖子，將她拉上懸崖。他將雷霆扔向金雀花叢，低頭拚命地喘氣，無法看著她的眼睛。

大家不安地討論著，卻沒有誰做出動作。雷霆終於爬出晃動著的金雀花叢。她低著頭、尾巴垂在身後，經過端坐在幸運身旁的瑪莎時，雙眼仍舊充滿怒火。

「看在神靈之犬的份上，你究竟在想什麼？」幸運大聲斥責。「瑪莎可以稱得上是你的媽媽；她從一開始就這麼照顧你並保護你。你怎麼能這樣攻擊她？」他的聲音氣得發抖，身體也因爲過度驚嚇而顫抖不已。他回頭望向懸崖，試著拋開剛才那個驚險畫面。她知不知道自己剛才差點摔死？濃霧朝狗兒們瀰漫開來。幸運望向樹叢繁茂的陸地，再回頭望向懸崖。分岔的小徑將引領他們前往何處，他隱約見到前方矗立著一道白牆——看起來有點像是被長爪棄置的建築物。

「我們先到那裡休息一下，再決定該怎麼做。」狗兒們紛紛表示贊同，幸運開始朝建築物走，雖然他走在隊伍前方，但他仍堅持讓他們自己決定。他突然聽見一陣腳步聲，雷霆走到他身旁，趾高氣揚地走在一列狗兒前方。她驕傲地抬高鼻子、耳朵豎起。

幸運不敢相信自己的眼睛。**雷霆為何一副沾沾自喜的模樣**？接著，他才發現，**長爪棄置的房子，正好跟她打算去的地方相同方向**。幸運怒火中燒，只得忍住想咬她耳朵的衝動。愚蠢的狗！她根本沒聽進去他說的話。

他深吸一口氣，氣得不願面對她。同時，幸運發現大家十分接近懸崖邊緣。靠近長爪建築物的矮樹叢，設置了木頭與鐵絲圍欄。部份圍欄已經崩塌、掉落到寬闊湖水裡。說不定是在大咆哮中損壞。這麼一來，幸運不得不留意建築物的安全。不知道這間房子是否安全？建築物的牆面留著細小的裂縫，透明石窗都已經震碎，雖然前門已經被震落，不過這房子的受損程度還是比城市裡的建築物小。

「我們應該進去嗎？」其中一隻狗問，不過幸運已經小心地踩進屋內。寬敞的房間裡散落著許多傾倒的椅子，木製長桌也是四腳朝天，城裡的長爪們當初就是在美食屋裡、這樣的餐椅上用餐。但是就算這裡有食物也早就不見蹤影。幸運仔細嗅聞後，雖然失望卻不驚訝。然而，踩在腳下的乾燥、破舊木地板和顯然較溫暖的室內溫度，能保護他們不受刺骨寒風吹拂和濃霧侵襲。

「這裡有一塊柔軟的毛皮！」黛西嚷嚷，鑽過幸運身邊、奔向屋內那塊絨毛墊。「這塊毛皮跟長爪家裡的一模一樣，既舒適又溫暖。」

狗兒們跟著她走過去，簇擁在這片絨毛墊前。幸運在腳掌踩上這片柔軟布料時，忍不住嘆了口氣，打從他離開舊營地前去營救費瑞後，這是他頭一次感覺到溫暖與舒適。月亮清理著甲蟲和荊棘的毛髮、麥基舔了舔瑪莎的耳朵，盡可能安慰他的同伴，剛才與雷霆發生的小衝突仍令瑪莎一臉不悅。

小陽光清了清喉嚨。「懸崖實在太危險，我們一個不小心就會失足摔落。」她垂下雙眼、避開雷霆的銳利目光。「懸崖邊冷極了，而且還找不到東西可吃。」她深吸一口氣抬起眼。「我還是認爲我們應該去陸地內部。」她伸出骯髒的白色腳掌踩踏在前方的柔軟毛皮上。「你們覺得如何？」

瑪莎伸出她的大蹼爪緊貼在陽光的腳旁，她的腳掌幾乎跟陽光的頭一樣大。「你說的一點都沒錯。」大狗開口說完，用銳利的目光望向一旁的雷霆。陽光興奮地搖著捲曲的尾巴，幸運不由得憐惜起身旁的這隻小狗。**她不習慣聽見其他狗贊同她的意見**，他心想。

狗兒們一陣躊躇猶豫、彼此交換好奇的目光。甲蟲對荊棘竊竊私語後，兩隻幼犬便走上前，將腳掌放於柔軟的毛皮旁。

月亮的兩耳服貼。「你們不過是幼犬，不能參與投票。」她示意幼犬們離開，卻被幸運打斷。

「每隻狗都有表達意見的權利，所有狗的意見都能夠被聽見。」

「濃霧實在太可怕了。」荊棘發表意見。「不但危險還冷極了。我們都認為應該走另一條路，而且甲蟲認為他聞到了兔子的氣味。」

甲蟲點點頭後，荊棘便將前腳重重踩在柔軟的毛皮上。

「就這麼決定了。」幸運說，「等到濃霧散去，我們選擇前往陸地的那條小徑。我們短時間內不會上路，現在出門實在太危險了。我們應該抓緊機會好好休息。」

荊棘和甲蟲興奮地呼喊著，顯然對他們也能參與決定而感到驕傲。陽光同樣感到欣喜若狂，來回跳著、氣喘吁吁，興奮地搖著蓬鬆的尾巴。

瑪莎打了個哈欠、站起身，走向一旁的長木頭。「這地方似乎有東西。」她喃喃說著。

「我們能吃的東西？」貝拉走到她身後問。

瑪莎蹙緊眉頭。「我不太確定。」她伸出前腳在突出的長木頭上踩踏。木頭在她的重量下傾倒，一個物體從中滾出來、掉到地板上。白色小顆粒散落一地，瑪莎用她的粉紅色大舌頭舔了幾顆。「嗯……」

狗兒們開始追逐這些白色顆粒並用牙齒咬碎。幸運嗅聞其中一個顆粒，發現它帶有甜甜的堅果味。他皺著臉吞下，**這也太甜了**。他望著其他狗兒狼吞虎嚥地吞下顆粒。不久，史奈普開始在房內飛奔呼嘯，撞倒長爪的椅子、發出哀嚎。甲蟲和荊棘跟在她身後狂奔，黛西則在原地跳躍。

他們究竟是怎麼回事？幸運心想。帶有甜味的小顆粒竟讓他們精力充沛、無法停下來休息。他不得不承認眼前的畫面有些滑稽，他看著同伴在身邊不斷地跳著。接著，雷霆怯生生地湊到他身邊。「我對先前的舉動感到抱歉，我無意要大發脾氣。」

幸運愣了一會兒。「你這麼說不是爲了逃避責任吧？」

雷霆趕緊替自己辯護。「當然不是。我知道自己不該發脾氣，這是不對的。」

幸運點點頭。「你應該去跟瑪莎道歉。」

「我會的。」雷霆向他保證，他倆望著體型巨大的黑狗跟其他同伴不斷地跳動。

幸運轉身望向雷霆，納悶她爲何如此衝動、易怒。**過去這幾天對她來說或許不好過，也許她受到了極大的驚嚇與悲傷過度**。幸運的態度軟化、肩膀下垂。「你還有其他事，想跟我談嗎？」

雷霆舔舔她的下顎，依舊望著其他開心嬉鬧的同伴。「我眞的認爲我們應該沿著懸崖小徑返回棄置的小鎭。刀鋒抓走了我的手足，而且她想把我抓回猛犬狗幫，她甚至在我面前殺死了拉拉。我不知道她究竟想要做什麼，不過我認爲是時候找出答案。我們是個陣容堅強的狗幫、擁有優秀的戰士，不能老是永遠躲避追捕。」

「你說得有道理，雷霆。我們不知道這一切究竟是怎麼回事，爲何猛犬狗幫拚了命要抓你回去。但是與他們正面衝突是很危險的。」他壓低聲音說。

「不是每隻狗天生都能面對打鬥場面。」**像我們就不是**——這是他心裡真正想說的話嗎？不，他並不是這個意思。他望著眼前這隻身材壯碩的小猛犬。**儘管她的身體裡流著好戰的血液，但這並不代表她就得表現出來**。

幸運望著其他同伴，此時他們已經停止瘋狂跳躍，而是趴躺在柔軟的毛皮上休息。太陽之犬低矮地掛在天空。幸運抬頭、透過破碎的透明石窗向外張望，看見天色逐漸變黑。

「求求你，幸運。」雷霆小聲地說。

他轉身望向她那張帶著渴盼的臉龐。「好吧。」他低聲說，「我們晚上先在這裡休息，天一亮趁大家還在睡夢中時外出查看。看看我們是否被對方跟蹤。但是你得答應我，在跟我報備之前，絕對不能輕舉妄動。別橫衝直撞地向對方挑釁！**答應我**。」

雷霆聽從幸運的要求、低下頭。「我答應你。」

「還有在我們出發之前，你今晚就要向瑪莎道歉。」

雷霆抬起雙眼。「你聽起來一副領袖的姿態！」她戲謔地說道。

幸運作勢咬她。「你到底要不要聽話照辦？」他看著雷霆朝瑪莎走去。

「我很抱歉。」雷霆率先開口。「我不該對你發脾氣。」

大狗僵直身體坐著。「對，你是不該如此。」她啞著嗓子說。

幸運在一旁等著聽雷霆下一步要說什麼。突然間，他感覺到冰冷與溼溼的狗鼻子碰觸著他的耳朵、嗅聞到欣喜的氣味。甜心坐到他的身邊、他的心臟噗通噗通地跳著。他感覺到她身體散發的溫熱。

「我很感激你替我們做的一切。四個掌印的想法……很有創意。」幸運的語氣中帶著喜悅。「你眞的這麼認爲？」

快腿犬抬起頭。「呃，我們不妨瞧瞧結果會是如何。值得我們一試，如果行不通的話，我們可以再選出一個領袖。」

幸運朝甜心斜倚著頭。**她是眞心想要帶領狗幫**。

她抬起細窄的鼻子。「如果我們當中誰成爲領袖，另一隻狗將會是領袖的貝塔。」她緊靠著幸運，有那麼一刻他感受到她身體的溫度和香甜的氣味。

「我們都知道你是領袖的最佳人選。」幸運戲謔地抖動尾巴。「只要你肯拋開艾爾帕過去灌輸給你的想法。」

她驚訝地轉身面對他。她肯定見到他眼睛散發出的喜悅光芒，於是笑鬧地咬了他的耳朵一口。「你眞是殘酷。」她輕聲說。「竟敢嘲笑我！」她的舌頭不斷地搔著幸運的耳朵，讓他抽開身體。「你別想輕易躲過我！」她說完後更用力地咬住他的耳朵。

「是這樣沒錯吧？」幸運問。他很喜歡她的氣息、她的溫度，就算耳朵被咬到發疼也開心。他用鼻子蹭了蹭她的臉頰。「你希望成爲我的貝塔！」

「才不是！」她一把撞開他，壓低其中一隻前腿作勢鞠躬。「噢，偉大的幸運，我要如何服侍你？像這樣？」甜心一個猛衝將幸運撞倒在地，舔起他的耳朵。他開心地低吠，笑鬧著輕咬她。他倆在寬敞的房間內嘻鬧著，不斷吠叫、追逐，其他同伴則各自陷入夢境。最後，他們氣喘吁吁地倒臥在木質地板上。

甜心伸長優雅的腿，起身走往柔軟的毛皮，大部分的同伴都已經沉沉睡去。她端坐著，幸運則緊貼在她身邊。他闔上眼，嗅聞著她撫慰心靈的氣味。

「晚安，幸運。」她輕聲說著。

他緊緊貼著她，她並未掙扎離開，於是他的頭靠著她。「晚安，甜心。」

幸運輕嘆一口氣，隨即滿足地進入夢鄉。

第十九章

幸運重重地倒臥在積雪地面上。他試著要抬起腿，但是四肢卻像石頭一樣沉重。他聽見劇烈的吠叫聲，見到一群狗打成一團。黑色的身影掠過他的面前，白色的尖牙在月亮之犬的映照下閃著光芒。他的背脊一陣發涼、幾乎喘不過氣。透過紛飛的大雪，他見到一隻攻擊犬矗立在兩隻小獵犬面前，他的嘴角淌著唾沫。一隻狗媽媽挺身而出、咬住他的頸項。狗媽媽的臉龐被紛飛的大雪遮掩，但幸運卻覺得她十分眼熟。他試著想要呼喊—哀求對方停止——但是他卻發不出聲音。

爲什麼會發生這樣的事？幸運努力地想要起身，四肢卻不聽使喚。冰冷雪花在風中飛舞，落到地面，與地上一道道的血漬融在一起。

頭頂突然傳來轟隆聲，他抬頭望向天空。難道是其中一隻巨型飛鳥載著長爪返回城市？他聽見巨鳥的翅膀在空中打轉的聲音，一道光線從它的身體落下，照亮了打鬥中的狗群。幸運惶恐地看見彼此啃咬的牙齒以及互相拉扯、發狂的眼神。這一切簡直瘋狂至極！他仰頭嚎叫，卻發不出任何聲音。閃電劃破天空，幸運渾身發顫。天犬正勃然大怒、降下大雪。幸運的四肢住僵著不動，再度陷入雪地裡。他聽見有人呼喚他的名字，他的下顎卻像是被封住了一般無法回應。

幸運？幸運？

「幸運……？」

他睜開眼，感覺到一陣溫熱，不知道是誰正舔著他的嘴，甜心直盯著他的臉。他的身體因爲緊繃而痠疼，痛楚傳遍全身讓他不得不咬緊牙根。**又做了惡夢**。他深吸一口氣，強迫自己放鬆。**但是夢境卻如此真實**。

「我又在夢中追捕兔子了嗎？」他磨蹭甜心，希望他的若無其事可以騙過她。

她抽離開他、直盯著他瞧。「不，你不是在追兔子。」她輕聲說。

幸運頸背的毛髮高聳。難道他在睡夢中發出驚恐吠叫？還是透露做了噩夢的線索？他環顧四周，記起他們正在長爪的房子裡。四周一片漆黑，只有月亮之犬發出的微弱光芒，透過透明石窗的裂縫映照進來。狗幫其他同伴就在近處、蜷縮在柔軟的毛皮上睡著，幸運聽見他們的微弱鼻息。他還見到雷霆蜷縮著身體。**至少，我沒有驚醒他們**。

甜心繃著細窄的臉龐。「我看見你做了惡夢。」她喃喃說著。「你的嘴唇蠕動著卻喊不出聲，像是拚了命在喊叫……」

幸運十分羞赧，他屏住呼吸，想聽聽她接下來要說些什麼。他是否透露出任何風暴之犬的蛛絲馬跡——以及那場駭人的激戰？

甜心望向屋內另一端、在柔軟毛皮上熟睡的猛犬，然後轉身望向幸運。「你的嘴裡一遍又一遍地喊著『雷霆、雷霆、雷霆』，卻沒喊出聲來。難道你夢見了她？幸運，這是怎麼回事？」

幸運無法正視她的眼睛，他背過身去、見到入口處的第一道曙光，他不久就要跟雷霆一起出任務，他答應要讓她去打探猛犬的蹤跡，於是起身伸展四肢。他渾身搖晃、驚訝地發現自己的四肢不停地顫抖。

甜心迅速起身、阻擋他的去路。「除非你告訴我做了什麼夢，否則你哪裡也別想去。」她舔了舔鼻子。「你以前也做過類似的夢嗎？這個夢跟你在大嚎叫時崩潰的夢境相同？你從頭到尾都做著同一個噩夢？」

幸運本來想否認，但是他卻說不出口。**我答應過自己，絕對不再對她撒謊。除了他的親妹妹貝拉以外**，比起狗幫其他同伴，他認識甜心的時間更長。儘管經過這麼多艱困的挑戰，他們依舊相互扶持到現在，不是嗎？他望著熟睡中的狗幫同伴，有的是荒野狗幫的原始成員，像是月亮和史奈普，有些則是後來才加入荒野狗幫的栓鍊犬，像是麥基跟布魯諾。他突然感受到這群同伴帶給他的溫暖，大家共同經歷這些考驗。如果他們真的會遭遇危險，甜心應該要知道，說不定她能夠幫上忙。

幸運嘆口氣、壓低身子，趴躺回柔軟的毛皮上，把頭枕在腳掌上。回想著噩夢，恐懼向他席來。他開始低吠、無法繼續保持沉默。

甜心在他身旁躺下。「從頭開始說起吧。」她輕聲說。

伴隨著睡夢中的瑪莎發出的微微呼嚕聲，幸運輕聲向甜心描述大嚎叫之後他做過的噩夢。「每個夢境都不同，但是內容都跟一場大戰相關。有時候，我獨自被冰雪包圍。其他時候，像是今晚的噩夢則是大雪紛飛、狗兒們彼此打鬥。夢境裡總是異常寒冷，空氣中都能嗅聞到血腥味。」

甜心打了個冷顫，將身體緊貼著他。

幸運深吸一口氣。「風暴之犬。」這是他頭一次說出這個字眼，不禁一陣驚慌。**要是一切成真**？**要是說出來夢境就成真，該如何是好**？他甩甩頭，提醒自己別把迷信當眞。他驚訝地抬頭，見到甜心的目光中帶著恐懼。

「我聽說過他們的事。」快腿犬蹙緊眉頭。「我不記得是什麼時候聽過……也許是在幼年時期。關於風暴之犬彼此激戰的傳說很多，閃電與神靈之犬發生過大戰。現在你卻告訴我，你夢見這場爭鬥。」她抬頭。「這些夢代表著什麼？」

幸運寒毛直豎。「我毫無頭緒，甜心。但是我臉上的鬍鬚和背上豎起的每根寒毛都在告訴我，這一切再眞實不過——危險正在逼近。這場戰役將永遠改變我們的命運。」

「大戰的對象是猛犬？」她問。

幸運舔舔嘴唇。「不僅如此。這不只是一場我們跟敵對的狗幫發生的戰役，而是攸關未來。」血味依舊刺激著他的鼻子。「一場攸關生死的可怕戰役。」

甜心驚嚇地豎起耳朵，她望向一旁熟睡的狗幫同伴。「我們的同伴也身處其中嗎？」她小聲地問。「他們不會有事吧？」

幸運緊閉雙眼、試著回想。夢境裡的畫面十分模糊：不斷變換的白色天空、啃咬的牙齒以及彼此抓扒的毛髮……他沮喪地低吠。「我看不出來，很抱歉。」

甜心舔舔他的鼻子。「不要緊，很高興你告訴我這件事。如果夢境將成眞，這一切將會發生，我們可以有所準備。」她猶豫了一會兒、抖著耳朵。「你跟雷霆談過這些夢境嗎？」

「沒有，」幸運說，「我們跟無懼打鬥完後，她替自己取了這個名字，像是她知道我的夢境似的。」

「你認為她是不是知道這場戰役？我們是不是應該問問她？」

幸運環顧四周、目光越過瑪莎龐大的黑色身軀，還有貝拉、麥基、達特和史奈普。他眉頭深鎖、站起身。他到處都看不見雷霆的身影。

甜心跟著他的目光望去。「她去哪了？」

他用力嚥了嚥口水、越過甜心，事情比他預期的還要棘手。「抱歉。」他說。「我得去找她，她不過是隻幼犬而已。」**她一定是獨自離開，要是她在我趕上她前就遇見刀鋒？**

幸運匆忙越過房間，入口處瀰漫著一片濃霧。

「你要去哪裡找她？」甜心問。

他回頭走向她。「我得在雷霆做出蠢事前找到她。」

甜心的雙眼閃過一絲陰霾。「她不會跟刀鋒正面交鋒，是吧？獨自迎戰對方？」

幸運的兩耳向後豎起。「請別把這件事告訴同伴，我不希望他們擔心。我會盡快把雷霆帶回來。」

甜心嘆口氣。「好吧。快去快回！」

幸運衝向門邊前，感激地用鼻子蹭了蹭甜心。他一腳踏出冰冷、充滿霧氣的戶外。一道黎明曙光投射在懸崖邊緣。太陽之犬已經清醒。

幸運在一片濃霧中眨了眨眼睛。他聞到雷霆先前留下的氣味，跟著氣味前往棄置的城鎮。可以肯定的是，當他沿著懸崖向上爬時，雷霆的氣味愈來愈濃烈。他的胸口緊繃、心跳加速。要不是眼前瀰漫著濃霧，而且貼近懸崖邊緣，他還眞想要狂奔。他沿著崎嶇小徑跳下時，聽見寬闊湖水在下方拍打著海岸的聲音，忍不住發起抖來。

小徑的下坡十分陡峭，幸運得小心地踩穩腳步。待他來到沙灘與棄置的城鎮時，他的前腿已經因爲過度緊繃而發疼。

靠近水邊後，濃霧逐漸散去，幸運感覺像是穿過雲端從另一頭竄出。他看見冒著白色泡沫的浪花不斷舔著陸地，城鎮周圍散落的建築物則覆蓋著一層沙。他豎起耳朵、聽見吠叫聲，於是壓低身體、小心地待在上風處，緩緩地朝猛犬狗幫的營地前進。

他用力嗅聞，明白雷霆就在不遠處。過了一會兒，他發現她蜷縮在不遠處的矮樹叢後。幸運慢慢地接近她、匆匆躲在一棵樹後面。他跟雷霆的距離近得足以小聲交談，幸運卻在此時汗毛直豎地怔住。猛犬狗幫的身影就在前方不遠處，他們似乎正在進行某種晨間儀式。他們整齊劃一地站成一排，其中一隻狗正在玩弄一隻兔子，先是追逐牠，然後再用腳爪撲向兔子，直到獵物掙脫。接著，輪到另一隻攻擊犬追捕兔子。幸運望著猛犬們咆哮、吠叫，被眼前不斷繞圈、掙扎著、飽受驚嚇的兔子逗得樂不可支。

幸運的胃一陣緊繃。**這真是可怕！**追捕獵物是爲了填飽肚子。但是爲了舒活筋骨而虐待動物……簡直違反森林之犬的律法。**真是野蠻至極**——這是利爪才會做的舉動。

兔子跌跌撞撞地轉身，躲過追捕逃往雷霆躲藏的矮樹叢時，幸運的耳邊傳來殘酷的吠叫聲。幸運看著兩隻猛犬緊跟著兔子的腳步追來時，嚇得倒抽一口氣。他屏住呼吸、縮回樹木後方。儘管看不見眼前發生的事，卻聽見樹枝的斷裂聲，還有兔子被捕獲時的尖銳叫聲。

「快看我們抓住什麼了！」其中一隻猛犬開心地大喊。

幸運冒險窺探四周，而且得壓抑自己，以免因爲恐懼而大叫。一隻猛犬咬著兔子的脖子——另一隻猛犬則咬著雷霆。

猛犬狗幫的成員一擁而上，嘲笑著面前這隻被逮到的幼犬。

「這是住在城裡那些傢伙飼養的寵物！」其中一隻成員大聲嚷嚷。

「脫逃的家畜！」另一隻狗搭腔。

雷霆拚命掙扎，卻逃不出他們的掌心。

咬著兔子的猛犬將獵物拋到地面，狗幫的所有成員立刻蜂擁而上、狼吞虎嚥。過一會兒，猛犬們塡飽了肚子，地面僅剩餘幾撮毛髮以及一些粉紅色軟骨。

殺死兔子的猛犬齜牙咧嘴地走向雷霆、朝她咆哮。「我們要把你大卸八塊。」

雷霆嚥不下這口氣，她用力掙脫，衝向這隻說話的猛犬。「你試試看！」

幸運驚駭不已，**她根本不是狗群的對手！**

「我們要找的狗叫恬恬。」刀鋒邊說邊從狗幫後頭走出。雷霆怔住不動、低下頭，狗幫其他成員則紛紛退後一步。刀鋒不爲所動地端坐著。她開始清理棕色前腿，雷霆則不斷對她咆哮著。刀鋒放下前腿、頭也不抬地繼續說。「上回是在長爪的高聳屋子裡見到這隻幼犬。她奮力抵抗，卻仍救不回艾爾帕，對吧？」她眨了眨眼睛。「或者應該說她希望艾爾帕落水？你們試想，哪隻狗會這樣對待她的領袖，一點都不忠心。」

雷霆憤怒地大喊。「我發誓，如果你敢傷害我的任何一個同伴，我一定奮戰至死！艾爾帕死了，我回來替他復仇！」猛犬們紛紛嘲笑她。雷霆憤怒地叫著邊衝向刀鋒，但是身旁兩名侍從立刻撲向她。另外兩隻猛犬咬著她的腳後跟，另外一隻則咬住她的後腿。

她爲什麼非得獨自前來？她根本無力獨自對抗一整個狗幫！幸運躲在樹木後面怔住不動，眼睜睜地看著其他狗衝向雷霆，朝她一陣猛咬。現在挺身上前無疑是自投羅網——幸運明白得很——但是他如何能夠讓她任由對方處置？幸運不能袖手旁觀。**她現在就像兔子般……成為他們暖身的對象。我得去救她。**

幸運很難從一群毛髮光潔的棕黑色身影中看到雷霆。濃霧再度瀰漫開來、溼氣碰觸著他的鼻子。他瞇眼望著濃霧朝猛犬瀰漫。聽到耳邊傳來吠叫與牙齒嗚咬的聲響，還有因痛苦發出的尖銳哀號。場面令人不忍卒睹！幸運放下理智，走出樹木後方、前往猛犬狗幫的陣營。他不偏不倚地撞上矮樹叢，咒罵一聲後、等候濃霧散去。

等到濃霧逐漸朝寬闊湖水岸邊褪去，幸運立刻趕往猛犬狗幫的位置，卻只見地面散落著兔子慘不忍睹的殘骸，而沒有猛犬狗幫的蹤影，就連雷霆也消失無蹤。他嗅聞著地面，發現兔子的殘骸留著奇怪卻熟悉的氣味……還有一樣沾著鮮血的東西……讓幸運幾乎窒息。**雷霆的耳朵**！猛犬們難道奪去了她的性命，將她毛茸茸的柔軟耳朵丟在地上。幸運驚駭地回想著他們虐待兔子的畫面。先是一陣凌虐後……再加以殺害。

幸運心跳加快，轉身奔回懸崖。

第二十章

幸運登上被霧氣覆蓋的小徑，前往被長爪棄置的建築物——荒野狗幫成員過夜的地方。腳下的崎嶇路面逐漸平緩後，他似乎聽見了吠叫聲。傳來了兩、三個聲音，他加緊腳步、喘著氣，沿著建築物外圍跑去。

讓他吃驚的是，狗兒們衝出入口、聚集在長滿雜草的懸崖頂端，發出咆哮與吠叫聲。他嗅聞到恐懼氣味而怔住。事情不對勁。

幾隻狗在入口處扭打，幸運伸長脖子想看清楚其中有誰。「放開她！」月亮喊道，達特退後幾步、露出牙齒。貝拉站在達特身邊，想要往前衝，朝甜心伸出前腿、奮力吠叫。布魯諾和史奈普分別站在貝拉身邊，包圍住甜心、啃咬她的腿。看來月亮和黛西試著替快腿犬解圍。

「停止，別打了！」陽光拉高分貝說，「你們爲什麼這麼做？我們都是同一個狗幫的成員！」另一隻狗卻完全無視她的存在。

幸運簡直不敢相信自己的眼睛。他衝向布魯諾和史奈普之間，阻止貝拉攻擊甜心，身後的尾巴因此而僵硬。大家見到幸運出現，驚訝地後退。「在森林之犬的見證下，你們究竟是怎麼回事？我不過才離開一下子，回來卻見到你們扭打在一起！」他將目光掃向狗幫所有成員，史奈普垂下眼、達特則發出低吠。甜心搖搖頭，一道鮮血沿著深色眼眶邊緣流下。**她受傷了**！他心疼得想衝到她身邊、舔舔她的雙頰。

他卻只能怒瞪著狗群。「陽光說得對，我們都是同一個狗幫的成員！你們究竟爲什麼起爭執？」

在場只有貝拉望著他。「你光會站在那裡責備我們。你去哪裡了，幸運？我們醒來後，看不到你跟雷霆。」她不信任地怒瞪著甜心。「她將你逐出狗幫是吧？因爲她想要當艾爾帕，所以得把你趕出狗幫，但她卻只是站在原地、什麼也不說——就連否認也沒有！」

可憐的甜心！**她試著想要掩護我，這便是事情的始末**。他氣惱地轉身面對妹妹。「沒有誰要趕我走。我之所以離開是因爲雷霆惹了麻煩。聽我說。猛犬們抓走她了！」

狗幫的成員們全都十分震驚。

「他們在這裡？」陽光渾身發顫地驚呼。

黛西驚恐地吠叫、布魯諾頸背高聳。

「他們不在這裡。」幸運迅速回應。「是雷霆跑到對方的巢穴，她想要確定我們沒被跟蹤，卻被對方發現了。」

「呃，我很抱歉雷霆被抓走。」貝拉盡可能掩飾臉上的悲傷。「我們只是摸不著頭緒，甜心也不願對我們說實話。」

幸運沮喪地甩甩耳朵。「我猜你們為此投了票？」

「那是當然！」貝拉回答，黛西卻緊跟著答腔，「不完全是這樣！」

荊棘走向幸運。她看起來就像是媽媽的縮小版，全白的毛髮蓬鬆又長，但卻有一對黑色的尖耳朵、臉龐也有一側是黑色的毛髮。她跟月亮一樣有雙藍色眼睛。「我們的確為了這件事而投票。」她的聲音雖小卻帶著自信。「我們投票決定是否應該懲罰甜心，直到她坦承強迫你離開狗幫。貝拉、史奈普、達特和布魯諾投了贊成票，甜心自己也發起投票，得到四個反對票。爭執便是因此而來。」

幸運不免感到愧疚與失望，他想出的投票方式失敗了，這全都是因為他為了追回雷霆——要求甜心必須保密——卻害她因此受傷。

貝拉依舊一臉頑固、收緊下巴、揚著頭。「四個掌印的構想儘管很好，卻不成功。狗幫需要的是領袖，而不是程序複雜的表決過程並因此引發爭執。我們需要艾爾帕，而我認爲這個位置非我莫屬。」她直盯著幸運，完全不怕遭到反對。「我以前帶領過狗幫，再度擔任這個位置也沒問題。達特和史奈普也認爲我夠資格。你難道不這麼認爲？」她轉身望向他們，他們卻夾著尾巴、往後退。

幸運的嘴唇發顫。**難道我的同伴們全成了懦夫**？至少，沒有狗爲此指責雷霆。幸運想起雷霆、胸口一陣緊繃，他想要提出他們應該回頭去找猛犬的想法，但在他開口前，甜心卻率先走上前。

「我才是艾爾帕的適合人選。」她的舌頭還淌著血，眼睛附近還有一道長長的傷口，鮮血順勢流到嘴邊。

「你肯定是在開玩笑！」貝拉語氣戲謔。「瞧瞧你現在的模樣！你當眞以爲打得贏我？哼，這表示你還搞不清楚狀況。」貝拉挺起胸膛、豎起黃褐色耳朵。「別把懼怕、忠心和感情混爲一談。你的命運跟艾爾帕緊密相連，現在他已經不在世上。狗幫其他成員或許不敢對此表達想法，但是艾爾帕殘酷無理，狗幫少了他也好。」

其他狗兒被這番話嚇得竊竊私語。就連幸運也明顯坐立難安。他向來對艾爾帕沒有好感，但是就算他死了，也不代表狗幫成員可以在背後這樣說他。

貝拉嘴唇上揚、露出尖牙，挑釁地緩步走到甜心面前。「你身為艾爾帕親密伴侶的日子已經結束，你現在的身分跟狗幫其他成員一樣，甚至應該接替陽光的位置，接受命令。」

「身為歐米茄並沒有錯！」陽光抗議，貝拉卻不理會她。

史奈普抬頭、舔舔鼻子。「如果我們……」她停下來。幸運等她繼續說。「呃，如果我們不繼續沿用四個掌印的辦法，那麼我們就得遵從地犬的律法，競爭艾爾帕位置的狗必須一決勝負。」

「沒錯。」月亮附和。「艾爾帕之所以成為我們的領袖，並非口說無憑，他藉由擊敗棕白色大狗的挑戰來證明他的價值。」

「是啊，我想起了那隻黑目仔。」史奈普說，「他有個……」

「讓我猜猜。」幸運打斷她。「他其中一隻眼睛周圍的毛髮是黑色的？」

史奈普抬起頭、一臉困惑。「你怎麼知道？」

幸運嘆口氣。「這不重要。」他想到艾爾帕幼犬時的模樣，難以想像他贏得了挑戰，還當上狗幫領袖。「這場爭鬥發生什麼事？」

「不過就是爭奪領導者位置，只是戰況更激烈。沒有其他狗參與這場打鬥——只有兩隻狗角逐。」

「直到決一生死？」陽光幾乎喘不過氣。

「直到其中一方伏首稱臣。」月亮說，史奈普的嘴角抽動著、覺得好笑。

幸運不耐煩地踩踏前腳。「雷霆正身陷險境。如果你倆想要爭奪這個位置，就快點。」他意味深長地望向甜心跟貝拉。「猛犬們……扯下雷霆的耳朵。」

瑪莎一直默默地在門邊徘徊，突然間步上前，沮喪地問，「她的耳朵？」

貝拉怔住不動，壓低前腿、背部高聳。「那麼就別浪費時間，我將永遠成爲你們的領袖，屆時我將決定如何拯救雷霆，以及怎麼懲治這群野獸！」

幸運一點都不喜歡妹妹的口氣。**要是她像艾爾帕一樣，覺得雷霆是個麻煩人物，決定讓她留在那個殘酷的狗幫，任由對方處置，那該怎麼辦？**

他望著甜心，鮮血依舊沿著她的口鼻往下流，其中一隻眼睛半閉著。**她已經受傷、不該繼續打鬥**，他心想。**他們是否願意等到我們救出雷霆後，再爭奪這個位置？**他知道他們絕對不會同意。或許他們說的沒錯，狗幫欠缺的是果斷的領袖，他的尾巴拍打著身體，不得不承認他的四個掌印構想並不如預期般順利進行。

史奈普走到貝拉跟甜心之間，狗幫同伴們見到她闔上眼，朝天空仰起頭時，紛紛沉默不語。「快腿犬甜心和獵犬貝拉，將於此爭奪狗幫領袖，決定之權現在交由神靈之犬，請大地和天空的守護者明智裁決，讓我們的新領袖誕生！」

狗幫同伴們聽完這段禱告詞後莫不歡聲雷動，大夥紛紛後退，讓出決戰空間。幸運不敢看地躲在麥基身後。**儘早結束這一切吧**。他很想保護甜心，她向他證明她的忠心，卻在過程中因此受傷。她是他在陷阱屋時認識的，是隻堅強、高貴的狗。但是幸運同樣擔心妹妹的安危，他記起她還叫做嘰喳的時候，總是充滿活力、目光炯炯有神。他知道在她世故、自信的背後，仍藏著天真無邪的一面。**求求祢，神靈之犬請守護妹妹的安全**。

貝拉發出一聲咆哮後，衝向甜心。快腿犬一個閃避、後腿向後一跳，前腿朝貝拉的頭頂猛擊一拳。貝拉一個轉身、向前一撲，咬住甜心的口鼻。

幸運轉過身去，狗幫其他成員卻更加貼近打鬥中心。他聽見甜心痛苦地嚎叫，因此他的身體一陣緊縮彷彿是自己遭到攻擊。狗幫的呼喊聲震天價響，有些狗呼喊著貝拉，有些則替甜心加油。還有的只是興奮地大喊，並未特別站在哪一方，但是他們全都因爲眼前的打鬥和血腥味而情緒激昂。

幸運眞想捂住耳朵。甜心受傷了，恐怕無法負荷這場打鬥。突然間，在一陣吠叫聲中傳來惱怒的嚎叫聲。幸運立刻轉身看向正在打鬥的狗兒。狗幫成員們緊緊地包圍住貝拉和甜心，幸運得奮力鑽過狗群。當他鑽到史奈普和麥基之間時，看見一個黃褐色身影。甜心挺直身體，儘管氣惱卻取得了勝利。發出嚎叫的是貝拉！幸運見到妹妹喘著大氣、倒臥在地。

貝拉扭曲身體、仰躺在地，露出肚子上的血爪印。「我願意屈服！」她氣喘吁吁地說。

甜心長嘆一口氣、端坐在地，臉部肌肉因痛苦而抽搐，她起身、一瘸一拐地走到貝拉面前。

一身金色毛髮的狗低下頭，趴躺在甜心前面。「你戰勝了我，艾爾帕。」狗幫間傳來幾聲尖銳吠叫。

快腿犬十分寬容，沒有繼續羞辱貝拉，反而輕碰她的鼻子。「很高興跟你進行一場君子之爭。」她說。

貝拉點點頭、倏地起身。她瘸著腿走向布魯諾，他幫貝拉舔了舔身上的傷口。其他成員趕到甜心面前，豎起耳朵、搖著尾巴。他們向新任的艾爾帕承諾效忠，甜心的雙眼閃爍著滿足的光芒。

幸運替甜心高興，卻也對貝拉感到抱歉，一想到自己要大家齊心協力的努力變成白費心力，卻也不免感到揪心。**我想狗幫畢竟還是需要仰賴階級制度**，他心想，內心一陣鼻酸。他離開甜心，其他同伴則朝她一擁而上。他蹙著眉、搖搖頭。**對於自己有這樣的感覺而覺得遺憾**，他的心裡充滿愧疚感。再加上雷霆依舊下落不明！他瞥見建築物外，放置著可以俯瞰著懸崖的長爪的長木椅，於是站了上去，向狗兒們表達看法。

「我們必須找到雷霆。她獨自面對猛犬狗幫的眾成員，陷入極大的危險中。」

甜心掠過狗幫成員，跟著跳上座椅，站在幸運身邊。她那隻受傷的眼睛幾乎睜不開來，但是她似乎一點也不在意。她輕輕推開幸運，讓自己站在座椅中央。接著她放大音量，好讓所有成員都能夠聽到她。

「謝謝你，貝塔。」她舔了一下幸運的鼻子，他一臉吃驚地直盯著她。他們當然討論過這件事，但是他沒想到是在這樣的場合下向狗群宣告。**我難道不需要做點什麼？像是跟其他狗進行一場打鬥……？**他環顧四周，發現大家似乎欣然接受這個消息，並未露出驚訝的神情。

甜心繼續說：「猛犬們抓走了雷霆。我們已經浪費了太多時間——必須返回他們的巢穴，找到雷霆。貝塔，你曾經追蹤到他們的下落，你可以帶領我們前往嗎？」

幸運感激地低下頭。**從前的艾爾帕絕對不會開口要求我幫忙，他總是表現出傲慢專制的態度，即使他做出的決定危及狗幫安全**。

「謝謝你……艾爾帕。」他喃喃地說。儘管這些話語從他的嘴裡吐出顯得十分不自然，但是他現在沒時間多想。他跳下座椅，開始嗅聞雷霆的氣味。味道已經逐漸散去。「快點！」他大喊，匆忙穿過矮樹叢。他聽見背後傳來甜心的腳步聲，內心滿懷希望。

幸運沿著懸崖小徑準備折返被棄置的小鎮。狗幫成員們走在他的身後、跟上他的步伐，太陽之犬已經高掛在天空，他的金色尾巴掃去了濃霧替狗兒們照亮路徑。

第二十一章

狗兒們聚集在城鎮外圍，刺骨寒風揚起沙子，讓一切蒙上灰塵，幸運甩甩毛髮，想要抖落一身塵埃。

他轉身望向甜心。「猛犬狗幫的營地正是前方那棟龐大的破舊建築物。就算現在沒見到任何猛犬，他們的營地肯定會派狗守衛，猛犬狗幫肯定會有巡邏隊，而我們連他們下一次交班的時間都不知道。」

甜心抬起熱切的臉龐。「我們必須想辦法不被發現地貼近營地，說不定可以找到房子另一側的入口。」

幸運思索了一會兒。「跟我來。」他開始走向滿佈塵土的街道，只是這次是從後面接近外觀留有斑駁油漆的建築物。他回頭看見了甜心，狗幫其他成員緊跟在她身後。

幸運踩在沙地上、繞過成堆的腐敗雜草和雜物，抵達建物後方牆面。這道牆面並未留著斑駁的油漆，應該曾是道白牆，但是油漆已經脫落、露出一大片宛如硬石子路面的灰色痕跡。幸運示意瑪莎、月亮和貝拉前進，他們當初曾跟著他和雷霆，率先追蹤猛犬狗幫的巢穴。「是這裡沒錯吧？」他小聲問。

「肯定是這裡。」貝拉說。

幸運低頭仔細嗅聞。牆面留有猛犬的氣味卻很淡。**巡邏隊的搜尋地點肯定集中在建築物另一側的寬闊入口，因此鮮少到這裡來**。這意味著這地方較安全，但是他們要怎麼更加貼近猛犬狗幫的巢穴？此時，幸運聽見牆壁另一頭傳來拖著腳行走的腳步聲，頓時渾身寒毛直豎。

「別管那裡了！」布魯諾說。幸運嚇一跳地抬起頭，只見老狗的耳朵向後擺。「快回到這裡來，我們必須團體行動。」

幸運這才發現布魯諾的說話對象是陽光。小狗走往牆壁遠遠那頭，朝地面一陣抓扒，蓬鬆的尾巴來回擺動著。幸運走到她的面前，她轉過身來帶著罪惡感說。「眞是抱歉，我只是納悶，這些階梯通向哪裡。」

「階梯？」幸運見到她其中一隻骯髒的白色腳掌，踩在地面突起的金屬鐵條上，鐵條深入地底。他瞇眼望向深不見底的深處。**她說得沒錯——有一道階**

梯通往底下！

「幹得好！這正是我們要找的地方。」幸運說，陽光聽完這番話後雙眼發亮。他望向甜心，她趕往他們的方向。「有一道階梯通往建築物下方。」他解釋。「我們應該瞧瞧階梯通往何處。」

甜心猶豫地望向暗處。她的尾巴僵直。此時，幸運想起待在陷阱屋的那段日子，她有多麼害怕——與艾爾帕那個充滿自信的貝塔簡直判若兩人——現在竟成為荒野狗幫的新任領袖。他正想向她保證，如果遭遇任何危險可以立刻離開，但是甜心似乎已經做出決定。

「狗幫的成員們。」在大家朝她聚攏後，她對狗兒們說。「我們進去吧。」甜心說完便率領大家，沿著金屬階梯進入建築物內部。

幸運緊跟在甜心身後。他沿著階梯走進黑暗，聽見尾隨的狗兒們發出的輕柔踩踏聲。長長的階梯通往地底，狹小的出入口只足夠投射下一道細長的光線。幸運的鬍鬚一陣震顫，當他跳下最底層的階梯時，嗅聞到潮溼味，接著他緊跟著甜心進入冰冷的地底。

瑪莎跟著走過，這隻熟諳水性的大狗自從與雷霆爭執過後，幾乎沒有開口說句話。幸運納悶著她是否已經原諒小猛犬。

幸運聽見黛西猛撲向地面，她的鼻子撞上幸運的耳朵。「我一點也不喜歡這裡。」她嗚咽。「又黑又充滿霉味。」

「我們不會在這裡待太久。」他向她保證。

甜心轉身面對大家，幸運在黑暗中看見她的身影。「你們聽到聲音了嗎？在頭頂上方？」

幸運豎起耳朵。他聽見了咯吱聲響，然後是拖著腳走路的聲音。有隻狗發出嗚咽，但聲音十分模糊。「我們肯定來到猛犬們的巢穴底下。」他輕聲說。

快腿犬抬起她細窄的臉龐。「我們必須深入敵方的巢穴。」

瑪莎用她那溫柔且低沉的嗓音對大家說。「我想我找到個東西。」

甜心和幸運跟著她進入猛犬狗幫巢穴底下的地洞。幸運注意到有光線從頭頂照進來，等他的眼睛適應光線後，他看見天花板上的門降下一條打了結的繩索。

「我想這應該是天窗。」瑪莎小聲地說，「如果我們能夠打開天窗，就能到達上方地面，深入建築物中心，是不是？」

甜心思索了一會兒，瑪莎和幸運則在一旁等候。狗幫其他成員逐漸貼近，站在原地、保持沉默。「好吧。」甜心終於開口。「如果你辦得到就打開天窗，不過得謹慎小心，我們不知道上面會有什麼在等著我們。」

瑪莎咬住繩索、用力一拉。一陣咯吱聲後，天花板鬆脫開來，在地面降下一道通往頂端的長梯。灰塵在黑暗中飛揚，幸運坐下來用腳掌護住臉、壓抑住噴嚏。他抬頭往上看，看見天窗頂端有道昏暗的光線。他嗅聞到猛犬們就在附近，渾身寒毛直豎。

甜心不確定地舔舔嘴唇，最後一身優雅地踩上木梯，她的另一隻前腿也跟著踩上去時，木梯因爲重量而發出咯吱聲，不過仍舊牢固。她一路向上爬，直到她的頭鑽進天窗。幸運在底下焦急地等候，甜心的尾巴不斷搔著他的鼻子。接著，她向下窺探。

「這裡很安全。」她小聲地說著，接著便爬過天窗，幸運緊跟在後，狗幫其他成員則陸續跟進。

抵達樓層地面後，幸運確定他們已經深入猛犬的營地。他聞到了刀鋒和她的狗幫氣味，還嗅聞到掛在門上的厚重紅色簾幕的味道。幸運環顧四周，見到他們待在其中一片紅色簾幕後方的一個狹小空間，這裡有條通道通往伸手不見五指的暗處。他低頭、將鼻子湊近通道仔細嗅聞，竟聞到了雷霆的氣味，尾巴興奮地擺動著。**她還活著！**

狗幫同伴們依序爬上天窗，聚攏在紅色簾幕後方的狹窄空間。瑪莎、甜心和幸運透過簾幕間的縫隙向外張望。

幸運朝前伸長脖子，發現雷霆似乎站在一個高起的平台中央，在她身後的低矮處，他看見一排排長爪的座椅，全都面對著平台。他這才發現上回潛入這棟建築物時，看見的其實是同一個檯子，只不過是從另一個方向看著——這裡正是猛犬狗幫的大本營。他抬起頭望向天花板，看見上頭繪製了金色的裝飾以及像是長著翅膀的小長爪畫像。

幸運將注意力轉向雷霆，尾巴立刻向下一沉。她的狀況眞是糟糕透了，其中一邊的臉龐皺縮著、淌著鮮血，前腿也有傷口。她顫抖著身體站著，像是跟某個對象對峙。幸運嚇得背脊發毛。儘管他從這個角度看不見猛犬狗幫成員的身影，但他似乎能感覺到他們圍在平台四周。突然間，紅色簾幕的另一端有一隻狗登上平台。過了一會兒，幸運才看清楚這隻狗——**是大牙！**

小猛犬緩緩繞著他的手足打轉。「你眞蠢。」他低下頭咆哮。「竟然想說服我離開猛犬狗幫，加入你那噁心的雜牌軍團。」他停下來將嘴湊近她的耳朵。「我爲什麼應該聽你的勸告？爲了一幫鼠輩放棄値得尊敬的狗幫！我應該把你的另一隻耳朵也扯掉！」他衝向雷霆，她見狀退了幾步。看見雷霆被自己的手足羞辱，讓幸運很痛心。他聽見牆的另一頭傳來猛犬的吠叫與叫囂。從聲音聽來，猛犬狗幫的所有成員幾乎全都聚集在此。**雷霆寡不敵眾！**

突然間，幸運身後傳來輕輕的嗚咽，他撇過頭去見到荊棘正舔著甲蟲的鼻子。「眞不敢相信手足之間竟相互攻擊。」她喃喃地說，幸運轉身看著紅色簾幕外上演的景象。**我相信，**幸運難過地想，**大牙成長的過程都被用暴戾的方式對待，當然什麼殘酷的事都做得出來。**

雷霆轉身面對大牙。「你這隻蠢狗！」她啞著嗓子說，舌頭上還流著血。她在地上啐了一口痰後用力嚥下口水。「你大可離開你的狗幫！做對的事，卻選擇在刀鋒殺死我們弱小的弟弟後留在她的身邊。什麼樣的個性造就出這樣的領袖？而你又成了什麼樣的狗？」

「你好大的膽子！」刀鋒的咆哮從幸運的視線範圍外響起。荒野狗幫的成員們紛紛感到恐懼，他希望大家能夠保持冷靜。如果此刻有哪隻狗因此慌了手腳，對方肯定會立刻發現他們。他們身上的味道不知道是否已經透過厚重的紅色簾幕傳了出去？

刀鋒繼續說：「這場爭辯最好用一場測試決定。」她說完，站上前去，幸運這才看見她粗短的口鼻、銳利的尖牙和一對尖耳朵。刀鋒拉高聲音，對著她的狗幫成員說話，眼睛卻直盯著雷霆。「他倆不再是幼犬，該是接受憤怒試煉的時刻，猛犬狗幫的成員得通過這項考驗才稱得上成犬。」

「我才不要接受你們的爛測驗！」雷霆語帶輕蔑。「我絕不會像弟弟那樣慘死在你的手下。」

幸運不禁為雷霆的勇氣感到驕傲。

刀鋒以她獨有的尖細聲音回應。「你別無選擇。」她轉身面對大牙，冰冷地說。「殺了她！」

幸運幾乎屏住呼吸。小猛犬大牙毫不猶豫地衝上前，用前爪劃過雷霆的身體，接著他們扭打成一團、互相撕咬、發出駭人的咆哮。他們朝刀鋒跌去時，刀鋒只是向後一退，冷冷地說。「猛犬狗幫的成員皆須通過憤怒試煉，大牙必須不斷地惹惱雷霆——不能停止、讓步或是同情，直到擊垮對方為止。」

雷霆怔住不動，幸運見到她睜大了眼。她肯定知道刀鋒希望的正是她採取反擊姿態，但她卻抽離開大牙、跌落地面，用前爪護住臉龐、後腿夾緊尾巴。大牙可沒就此放過她——他衝向雷霆、咬住她的身體，用爪子在她的背上留下抓痕。

甜心退離開紅色簾幕，狗幫其他成員則簇擁在她身邊。

「他會殺了雷霆！」陽光小聲地說，「我們該怎麼做？」

甜心急切地輕聲回應。「你們聽仔細了，那個地方有個架高的區域。」她用鼻子指向她口中所說的那個方向，幸運透過簾幕間的縫隙向外窺探。甜心說得沒錯，猛犬們聚集的寬敞房間上方，有個像是看台的地方，上頭還有許多排座椅。

甜心舔舔嘴唇。「幸運負責帶幾隻狗到那裡，瑪莎則準備屆時從建築物後門離開。」

狗群們眨著眼睛，一臉困惑地望著甜心。

「這麼做是爲了什麼？」貝拉問，「我們要救的是雷霆，幹嘛兜一圈！」

「沒時間爭辯了。」甜心回應，「你們照做就是了。」

幸運迅速點頭，甜心到目前爲止都展現出優秀的領導力，他對她有信心。

甜心轉過身對瑪莎說：「你留在紅色簾幕後方，我們會去引開猛犬。屆時，你負責救走雷霆。」

「但是我們要怎麼將猛犬引開？」月亮問。

雷霆發出可怕的嚎叫，甜心一陣緊繃。「別問了。」她的目光落在瑪莎身上。「等到猛犬們被引開就立刻救出雷霆，明白嗎？一定要把握時機。你必須動作迅速、堅強且隨時準備迎戰。你辦得到嗎？」

瑪莎抬起她的大腳。「我想我這隻腿應該很夠力。」

幸運不禁佩服眼前這隻大狗的勇氣。

「很好。」甜心說，「我們走！」她轉身穿過天窗，走向底下的漆黑洞穴。幸運跟在甜心身後奔去，貝拉跟麥基則緊跟在他身後。等到潛入地底後，幸運立刻發現眼前一片漆黑，一時之間難以適應、腳步蹣跚，幾乎看不見。等到他的眼睛適應黑暗後，甜心已經抵達金屬階梯底部。

她帶領狗群離開建築物，接著轉身望向幸運。「建築物的主要入口在哪？」

「在下一條街。」

「我認為猛犬狗幫的所有成員們應該都在裡面，因此不會保持高度警戒。但是我們仍須冒險……」她的話還沒說完。

「跟我來。」幸運緊貼著牆面、沿狹窄街道走去，然後轉進下一條街，走向紅色簾幕那棟建築物外的寬闊階梯。進入建築物前，他停下來嗅聞空氣。甜心觀察得很仔細——附近似乎沒有其他猛犬留守。他回頭看見她跟狗幫其他成員站在一起。她奔向幸運身邊，他倆一起登上階梯、進入建築物內。

室內十分涼爽、漆黑，腳底下鋪著厚厚的紅色絨毛地毯。「往這邊走。」

幸運指出方向，接著踏上另一道階梯，他們來到了有著破舊座椅的大房間。

「我們必須走到上方看台。」甜心對他說。

幸運毫不遲疑。有別於上回的莽撞，幸運一次踩著兩級階梯前進。**看台肯定位在建築物頂層**。終於，階梯來到盡頭，幸運沿著走道前進，鑽過厚重的紅色布幔，發現自己站上看台。

「幹得好。」甜心站在看台邊緣，幸運則緊貼在她身旁往下探。他們來到猛犬們集結的大房間的上方。幸運見到他們的所在位置離猛犬們有一段高度，心想，**要是掉下去，恐怕沒命**。

他的目光移到棕黑毛色的猛犬狗幫身上，他們沿著高起的木製台階站立，刀鋒則斜躺在幸運上回造訪的位置上。不遠處，大牙正與雷霆廝殺著，幸運見到眼前此景胃部一陣翻攪，大牙似乎咬住雷霆僅存的另一隻完好的耳朵。雷霆用力一踢、來到他的身旁，再次抽回腳。雷霆的背部傷口冒出鮮血，猛犬狗幫卻對她極盡嘲弄。

「情況如何？」陽光的體型過於嬌小，無法越過看台邊緣向下探。

幸運很不安。「眼看他就要殺死雷霆。」他與甜心四目相望。「敬愛的神靈之犬，請告訴我們怎麼做才好！」

甜心並未回應幸運，她細瘦的前腿踩在看台邊緣，用盡全身力氣大聲嚷道。「猛犬狗幫的傢伙們！你們竟然這麼多狗對付一隻幼犬？這算哪門子的懦夫？」

一群棕黑犬倏地抬起頭。

刀鋒見到甜心和幸運，氣到眼睛都突了出來。「雜種狗！」她大喊。

「至少我們帶著榮譽和尊嚴迎戰。」

「尊嚴！你們根本不懂什麼叫做尊嚴！」刀鋒大喊。「等我解決你的性命時，我會把你的屍體拖到大街上，讓鳥兒吃掉你的內臟！」

甜心舔舔嘴唇，幸運見到她的脖子上冒著青筋，卻一點都沒有露出恐懼地回嗆道。「如果你想要取走我們的性命，那就過來捉我們！」

「猛犬們！攻擊！」刀鋒尖聲喊道。她衝下木製台階，在一排排座椅間猛衝。猛犬狗幫的成員們，像是一道黑影般跟在她身後衝出。一大群狗衝向雷霆，她趁機及時掙脫。大牙則毫無防備，被一大群狗踩踏著、倒地不起。等到最後一批猛犬衝下木製台階，幸運見到大牙緊閉眼睛、倒臥在地。**真是不可思議，他們一點都不關心自己的同類！**

猛犬狗幫的成員們奔過偌大的房間，消失無蹤。幸運擔心他們會奔往寬闊的階梯。不一會兒，瑪莎衝出紅色簾幕、護著雷霆從木製台階前往隱蔽的房間。幸運緊繃的四肢總算放鬆了些。**雷霆跟在瑪莎身邊會很安全！**

放鬆感稍縱即逝，因爲他的耳邊傳來猛犬們衝上階梯的瘋狂吠叫聲。

達特嗚咽著；儘管布魯諾一臉堅毅，但他的腿卻不住發抖；陽光則是歇斯底里地繞著圈圈；懷恩衝到一排座椅間，費力地喘著氣。

幸運和甜心交換眼神，接著新任艾爾帕轉身面對嚇壞的狗幫成員。「做好準備迎戰，荒野狗幫的成員們。我們的敵人就要來到。不要害怕——鼓起勇氣。替未來奮戰的時刻到了！」

第二十二章

幸運聽見沉重的腳步聲朝他們而來，不一會兒，猛犬狗幫的成員們便出現在面前。他們走上看台、散開隊伍，宛如一道道黑壓壓的烏雲般擋住階梯。他們的嘴因爲憤怒而扭曲，齜牙咧嘴、吐著唾沫。其中有些成員衝向座椅，像詭異的烏鴉般端坐著。

荒野狗幫的成員們嚇得紛紛後退、撞在一起。幸運也被自己的腳絆倒，嗅聞到成員們的恐懼氣味。只有甜心依舊站在原地不動，肩膀挺直、頸背高聳。她壓低頭，走向刀鋒。細瘦的身軀傳來隆隆作響的咆哮。

甜心的勇氣讓幸運自責。**我究竟是怎麼回事？如果我們現在不展現勇氣，我們將永遠戰勝不了敵人**。幸運深吸一口氣，站到甜心旁邊。

刀鋒戲謔地說：「一隻身材瘦削的快腿犬成了艾爾帕，城市佬則成了她的左右手，這組合眞有意思！」

她的狗幫成員紛紛報以嘲笑與不屑。

刀鋒衝到甜心面前，試著將她逼到看台邊緣。甜心敏捷的四肢朝空中一躍，讓猛犬撲了個空。她壓低身子、越過刀鋒，潛入一排座椅間，接著喘吁吁地倏地轉身。

「你這隻惡霸的手腳這麼不靈光。」甜心反擊。「也許是你長了不少肥肉。」

刀鋒的頭迅速一轉，結實的身軀衝向座椅，阻擋通往一整排座椅的入口。戲謔的表情消失無蹤，取而代之的是冷漠的憤怒。但是她卻突然猶豫了起來，高舉著其中一隻前腿。

她並不想進入座椅區，幸運心想，**因為她擔心自己會受困其中**。

幸運的內心突然燃起一絲希望。**我們必須引開他們一會兒，讓瑪莎有足夠時間救出雷霆，然後直接開戰**。

這點並不容易辦到，因爲刀鋒的貝塔麥斯已經衝向他們。「看我逮住城市佬這傢伙！」體格結實的猛犬咆哮。

幸運在座椅間猛衝，麥斯守在座椅盡頭，阻擋了幸運的出路。身材結實壯碩的猛犬衝進座椅間，用寬闊的肩膀撞開椅子。幸運環顧四周，短刀咬緊牙根地守在座椅另一邊的盡頭。幸運兩耳間的脈搏加速跳動。**我被困住了**！他以後腿站立，望向其他幾排座椅，他必須奮力一跳才能脫困。他深吸一口氣，躍過座椅頂端，落在下一排座椅，位於甜心和刀鋒之間。

「你逃不出我的掌心，雜種狗！」麥斯大喊著朝幸運猛衝。體型龐大的猛犬將大腳揮向座椅，座椅受力而歪向一邊，他因此跌到另一排座椅上，撞到鼻子後重重跌落在地、發出痛苦的哀嚎。

幸運耳朵向後一豎，快活地想。**再叫我雜種狗試試**？

刀鋒開始在座椅間亂竄，椅子伴隨她的碰撞發出咯吱聲響，卻沒有被撞開。幸運這才發現，**一排排的座椅似乎嵌在地面**。

「快讓開。」甜心大喊。「這是我的戰爭。」

她站在幸運身後，擋住座椅盡頭另一邊的出口，刀鋒則沿著座椅逐漸靠近。他無法跳回到原來那一排座椅，因爲麥斯正怒吼著、守在那排座椅的走道，於是幸運只得跳往下一排。在瞥見短刀時，他的心臟差點停止跳動，因爲短刀此時正挺直身子站在出口。

「往這邊走！」幸運轉身，看見陽光在座椅的另一邊喊道。麥斯準備鑽向先前那排座椅，他在座椅後方上下猛跳、怒吼，嘴角因爲撞到椅背而淌著鮮血，其中一顆牙還因此撞歪。

「我會逮住你的，雜種狗！」他邊說邊氣得跳腳，嘴裡還流著血。

「快呀！」陽光大喊。

幸運趕緊朝她衝去，她退後讓他通過，趕往布魯諾身邊。他聽見刀鋒跟甜心交戰的聲響，卻看不見戰況。荒野狗幫的多數成員被逼退至看台邊緣，猛犬狗幫一步步朝座椅盡頭逼近。幸運幾乎沒有留意到危險逐步靠近，因爲他的注意力全集中在台階頂端的出入口。

麥斯上前一步，朝幸運走近。「你會爲此感到後悔！」體格壯碩的猛犬壓低下半身，準備朝前猛衝，幸運一個箭步跳上台階。麥斯緊跟在後，咬住他的尾巴，幸運出其不意地用肩膀撞開猛犬。等到他登上台階頂端，再用力跳上看台牆面。反應不及的麥斯滾下台階，最後才站起身。

猛犬的雙眼露出輕蔑。「你現在已經無路可逃，蠢狗。」在昏暗的光線裡，他染血的牙齒，格外像頭野獸。

站在階梯頂端的幸運抬頭俯瞰麥斯。「哦，眞的是這樣？」他舉起腳爪揮向麥斯的雙眼。猛犬的眼前突然陷入一片模糊，他的頭向後仰，雖然想要咬住幸運的腳，卻已經太遲了。

站在高處的幸運享有優勢。他的腳掌再次朝麥斯揮去，這回正中鼻子。儘管麥斯張嘴猛咬，卻撲了空。「不公平！」他大聲咆哮。「你這狡猾的傢伙！」

「看來你不敢咬城市佬吧？」幸運挑釁地說，「瞧瞧這隻身材壯碩卻沒膽的猛犬，眞該叫你大笨狗！」他的嘲諷被座椅間傳來的尖叫聲打斷。甜心遇到了麻煩！幸運回頭張望，他透過座椅間的縫隙看見刀鋒站在她身上，將她壓制在地。

刀鋒勝利地大喊。「快腿犬將爲她那番想要擊敗我的狂妄之言付出代價！」

就在千鈞一髮之際，下方舞台傳來一聲淒厲的嚎叫。狗幫雙方成員全都豎著耳朵、怔住不動。

是雷霆！

「求求你跟我走！」她央求道。「你不需要待在他們的狗幫！」

大牙一臉惱怒地回應她。「我選擇待在自己所屬的地方，不會加入你和你那個雜牌軍團！你才應該留下！待在我們的歸屬之地。」

在場每隻狗皆望向吠叫聲的來源，逐漸湧向看台邊緣。幸運暫時拋卻麥斯的威脅，鑽過狗群。雷霆站在平台中央，苦苦哀求著大牙，他端坐在離她不遠處。瑪莎則忙著用她的大腳推著雷霆，要她離開，但是小猛犬完全無視她。幸運絕望地垂下尾巴。**這場打鬥無非是為了救出雷霆，如今卻毀於一旦**！她肯定是奔回原處。儘管發生這些殘酷無情的事，她依舊沒忘了手足之情。冒著生命危險只爲了救出大牙。

「我們中計了！」刀鋒大喊。「猛犬狗幫的成員們立刻返回平台區！」猛犬狗幫的成員們一聽到命令，紛紛衝向台階，在一排排座椅間亂竄，彼此撞在一塊的模樣相當滑稽。幸運則是一臉驚恐地望著他們衝向台階。

「看我回來怎麼收拾你！」麥斯說完便轉身加入狗幫其他成員。甜心從座椅間衝向走道。「動作快點，荒野狗幫的成員們！我們不能讓他們帶走雷霆！」她帶頭衝往台階，幸運跟狗幫其他成員則緊跟在後，沒注意到他們現在反倒是在追逐猛犬。

甜心走到階梯底端，帶領狗幫成員穿過大門。幸運認出這間洞穴般的房間裡，那些金色的裝飾和柔軟的毛毯。他跟在甜心後方走到短梯底部，她爬上階梯前往刀鋒跟成員們集合的平台，短刀此刻卻朝她逼近。他咬住甜心的耳朵，嚇到了她。幸運根據與麥斯打鬥的經驗得知，猛犬狗幫這回佔了上風。甜心想要掙脫短刀的攻擊，荒野狗幫其他成員則簇擁在她身後。

「貝塔！」甜心頭也不回地問。「平台上的情形如何？」

幸運跳下階梯，沿著柔軟的毛毯往回跑，距離足夠他觀察到平台上的情況。猛犬狗幫的成員加入大牙的行列，團團包圍住瑪莎和雷霆，惡狠狠地逐漸朝她倆逼近。

就在此時，幸運聞到一陣熟悉的味道，他打從平台離開時就聞到這個味道，此時這個味道正朝他襲來。刺鼻的氣味讓他的眼前浮現一個閃著光芒的尖牙、濃密毛髮以及堅實下顎下達命令的畫面。該不會是……

不，不可能。我明明見到他斷氣了。

甜心抬頭、尾巴不安地擺動。她肯定也聞到了這個氣味，儘管她看不見幸運眼前見到的這幕景象。他不可置信地望著眼前、狼一般的身影跟在猛犬狗幫身後，朝平台走去。荒野狗幫的前任領袖艾爾帕……竟然**還活著**！甜心朝幸運望去，他知道此刻她正焦急地等著幸運告訴她平台上發生什麼事，他卻不知道該從何說起。艾爾帕怎麼會出現在這裡？他肯定沒有淹死、他是來幫助猛犬狗幫的嗎？

狼犬上前一步，猛犬狗幫的成員留意到他的出現，停止包圍瑪莎和雷霆，看著艾爾帕低頭朝他們猛衝。

不！別朝他們衝去！要越過他們才對……

「甜心，當心！」艾爾帕朝短刀猛衝時，幸運對甜心提出警告。艾爾帕撲到甜心身上時，她著實嚇了一跳。他將甜心摔到台階底下，準備咬住她的喉嚨，幸虧她及時閃過。當艾爾帕將她像獵物般甩動時，甜心嚇得發出嚎叫。

幸運不安得完全無法思考、感覺，以及正視眼前正在發生的狀況。千鈞一髮之際，他恢復了理智，於是怒吼著衝向狼犬，荒野狗幫的成員見狀紛紛退開。他的頭用力撞向狼犬腹部，將他撞倒在地，甜心得以掙脫束縛。艾爾帕站起身後，想要再度攻擊甜心，但這回快腿犬已做好迎戰準備。她往旁邊一跳、朝他的臀部用力一踢，導致他滾了好幾圈。

「他的確替猛犬狗幫增加了不少戰鬥力，你們不覺得嗎？」

幸運的目光回到平台上，刀鋒正向下看著眼前這一幕好戲，猛犬狗幫的成員則簇擁在她身邊。「眞是隻優秀的歐米茄。」

幸運簡直不敢相信自己的耳朵，艾爾帕選擇加入猛犬狗幫，成爲歐米茄。

甜心連忙問：「艾爾帕，你爲什麼會選擇加入猛犬狗幫？你從前恨透了他們不是嗎！」

「我最痛恨的是弱者！」他說。「還有你們這群雜牌軍團和拴鍊犬。你在這群蠢蛋之中還算有用，卻不夠資格成爲他們的領袖。」

甜心皺起鼻子、齜牙咧嘴。「至少，我不必成爲狗幫裡的歐米茄！」

艾爾帕的眼睛閃著怒火，朝她猛衝。他咬住甜心的右前腿，甜心因此在地面翻滾了幾圈。突然間，兩隻狗在地上扭打成一團。

「快解決她，歐米茄！」刀鋒在喧囂聲中大喊。

幸運朝他倆衝去，用力咬艾爾帕的腳踝。妹妹貝拉此時也來到他的身邊，合力壓制狼犬，讓甜心趁機咬住他的身體。狼犬發出巨大的哀號聲，便向後倒臥在平台上。

「你要帶領這群鼠輩請便！」他喘著氣說，「瞧瞧將會得到什麼下場！」

荒野狗幫的成員們紛紛對艾爾帕的背叛，表達心中的怒火與不滿。

「你怎麼能做出這樣的事來。」布魯諾對他咆哮。「我們這麼相信你！」

「我們向來支持你的一切決定！」達特睜大了眼說，「這些日子以來，我們總是讓你優先享用獵物，讓你決定一切、聽從你的命令！」

「懦夫才會選擇跟猛犬狗幫站在同一個陣線！」貝拉表達心中的不滿。

「他的背叛，對向來忠誠的狗兒來說是個恥辱！」

艾爾帕高高抬起頭，帶著傲慢自大的勝利感，幸運感到憤怒難耐。

叛徒！他將為此付出代價！

幸運壓低身子，準備撲向艾爾帕。

「夠了！」幸運瞥向站在平台上的雷霆，她雖然受了傷，卻帶著驕傲。「別跟他打了！這正是他希望的——也是猛犬狗幫想要達到的目的。」雷霆大喊。「即使你們擊垮艾爾帕，猛犬狗幫的數目仍舊勝過我們。」她轉過身去、望向刀鋒。儘管牙根緊咬，不過這回她緩緩地開口說。「我願意聽從你們的指示。」她喃喃地說，「跟我的親手足對戰，直到最後分出勝負。條件是放過我的狗幫同伴。」

第二十三章

刀鋒的雙眼閃爍著光芒，她仰起頭。「狗群們，準備開始憤怒的試煉！」

艾爾帕似乎並未聽從刀鋒的命令，他衝上台階奔往平台，朝雷霆前去。他把鼻子湊近她，喉嚨發出惡意的嚎叫。「投降吧，野蠻之子。當心我解決你的性命！」

刀鋒怒不可遏地轉身望向他。「請你知所進退，歐米茄！」

狼犬低頭。「抱歉，艾爾帕。」

「坐下！」她下令，不懷好意的笑容裡露出參差不齊的牙齒。

幸運驚訝地望著前任領袖竟對刀鋒唯命是從。他突然想起狼犬先前那番話——他當真認為自己加入的是勝利的隊伍，荒野狗幫的成員注定要慘遭失敗。

幸運突然渾身緊繃，眼前出現大雪紛飛的畫面。**風暴之犬**。要是艾爾帕沒說錯？

刀鋒打斷了幸運心裡的惡兆。「你們全都滾下舞台去！」她咆哮。猛犬狗幫的成員們匆忙步下台階，荒野狗幫的成員們則退到一旁。猛犬狗幫的成員暫時對荒野狗幫不感興趣。幸運望著刀鋒率領的大軍，四散在一排排座椅間，將他們的前腿放在前方椅背上，如此一來以後腿平衡身體的姿勢，就能對平台上──也就是刀鋒所謂的**舞台**上所發生的一切一目瞭然。

台上現在只剩下瑪莎、雷霆和大牙留在那裡。

「快滾下來！」刀鋒朝瑪莎大喊。

瑪莎不理會她的命令，輕聲跟雷霆交談。幸運雖然聽不見她跟雷霆的談話，但他知道她肯定是在催促小猛犬別跟手足大打出手。

雷霆卻搖搖頭。「沒關係，我非做不可。」她對瑪莎說完便難過地低下頭，瑪莎只好轉身，步下階梯。

荒野狗幫的成員聚集在一排座椅的角落，神色不安地望著猛犬狗幫。其中一些成員跳上座椅、站直身體，取得較佳視野，看著刀鋒走上台。雙方皆陷入靜默，看著刀鋒帶著跛扈的笑容，走到兩隻有血緣關係的猛犬之間。

「雷霆將接受憤怒的試煉。」刀鋒大聲宣告。「如果她願意放棄好戰的天性，那麼她便能爬著離開這裡，回到她那幫雜牌軍團身邊，我們也樂得不要這樣的她。但是如果她願意展現猛犬的能耐……」刀鋒一臉竊笑。「那麼她得跟大牙一決生死，雷霆獲勝了，就能加入猛犬狗幫！」

麥斯與短刀為此嚎叫，幸運感到一陣畏縮、不安。雷霆已經疲憊不堪且傷痕累累，根本沒機會贏得這場戰役。

刀鋒轉身面對她的狗幫成員。「我們讓事情變得更有趣些！我想聽聽你們覺得誰有機會贏得這場浴血之戰。大聲說出來，猛犬狗幫的成員們。你們對哪一個戰士有信心！」

猛犬們紛紛叫喚著大牙的名字，朝著舞台發出令人震攝的聲響。刀鋒跳下台、加入猛犬們，大夥兒異口同聲地喊著：「大牙！大牙！大牙！大牙！」

小猛犬開始繞著手足打轉，前爪揮向她的身體、用牙齒咬住她的身體。幸運跳上其中一張座椅，好看清楚舞台上的狀況，儘管他不忍卒睹。兩隻狗的實力不相上下，但是雷霆受了傷、大牙看來壯碩結實，這實在是場不公平的戰役。

大牙咆哮著衝向雷霆，用牙齒咬住她的腿，留下一道傷口。雷霆痛苦地哀嚎，猛犬狗幫的成員們莫不興奮地叫囂：「大牙！大牙！大牙！大牙！」

雷霆掙脫大牙的束縛，瘸著腿向後退了幾步。大牙短暫等待後，朝雷霆發動另一次攻擊。這回他用前腿繞住雷霆的脖子，奮力咬住她的耳朵，只見雷霆拚命掙扎、保護自己的喉嚨。她翻身、用頭去撞大牙，他被撞得向後一退，幸運為雷霆並未趁機咬傷大牙而感到驕傲。**她並不是真的想要贏得挑戰，只是想著不要傷害他**。

幸運感覺到有誰在輕推他的腳，向下望去，看見陽光站在紅色軟毛地毯上凝望著他。

「戰況如何？雷霆還好嗎？」陽光因為體型過於嬌小而無法跳上椅子。

幸運回頭望向舞台，看見大牙正用身體撞雷霆。她滾了一圈後喘吁吁地站起身。

幸運望向陽光。「她很努力迎戰，不過她需要我們的幫忙。」

「我們能夠做什麼？」小狗睜大了眼睛問。

「我們可以鼓勵雷霆！」

陽光明白地點點頭。「雷霆！雷霆！雷霆！」她大喊著，聲音被猛犬的喧囂聲淹沒，但她又試了一次，幸運隨即加入。貝拉一發現，便也加入他們的打氣聲。不久，荒野狗幫的所有成員便齊聲喊著雷霆的名字。

小猛犬聽見荒野狗幫的成員們呼喊著她的名字，突然打起精神、壓低臀部，朝手足奔去，將他壓制在舞台地板中央。

幸運的目光瞥向甜心，她的身高足以站在原地而不必踩踏在座椅上，便能看見眼前的一切。但是她的目光並非落在舞台，而是艾爾帕身上，她的表情既驚訝又憤怒。**她曾是她的貝塔……完全地信任他。她覺得自己比狗幫的其他成員，背叛感更重。**

幸運轉過身去，看到大牙口吐白沫。雷霆對大牙發動的猛烈攻擊絲毫沒有停頓，看得他眼花撩亂。起初，大牙來不及還手而讓雷霆有機可趁，她以前腿用力地踹了他一腳還咬了他的身體，不過這只是更加激怒他。他猛撲向她，撕扯她脖子上的毛髮直到她發出哀嚎。雷霆用腳爪護住眼睛，大牙朝她身上猛咬了幾口，後腿還在她的肚子上留下爪印。

「她必須反擊。」貝拉在一陣喧囂聲中說，「如果她再不反擊，恐怕會沒命！」

「但反擊的力道要夠狠？」甲蟲靠在座椅上說，「通過測驗後，還是得留在刀鋒身邊。」

只見瑪莎大聲呼喊，像護子心切的媽媽般怒吼著。「不論結果如何，只要她能夠保命！我們不能再損失任何一隻狗。」她提高音量喊道。「快出手呀，雷霆！」

幸運的胃一陣翻攪，因爲他見到小猛犬拚命迴避手足的攻擊。**如果她反擊的話，就容易惹惱對方。所以她採拖延戰術，耗損對方的體力。**

但是大牙完全沒有耗盡力氣的跡象。他不斷在場中追逐雷霆、齜牙咧嘴地仰頭發出憤怒的吼叫。怒吼後，再度發動攻擊，但雷霆這次已經準備好迎頭痛擊。她用身體的一側擋住他，用前腿將對方壓制在地，再用她的尖牙咬住大牙裸露的腹部。大牙痛苦的哀號壓過一旁的叫囂聲，幸運不由得屏住呼吸。雷霆的雙眼滿是怒火，正以她的牙齒用力猛咬她手足的腹部、撕咬大牙的身體。

荒野狗幫的成員們陷入一片靜默。**難道這場憤怒的試煉令雷霆發狂了**？

大牙疲憊地把頭往後一仰、身體癱軟無力。雷霆的牙齒掠過他的喉嚨，她只要張嘴一咬，大牙立刻就會斷氣。

刀鋒跟猛犬狗幫的成員紛紛奔上階梯、衝向舞台。他們見到雷霆擊垮大牙時，簇擁到她的身邊。

「殺了他！」刀鋒說。「在他對你做出這一切後，活該受死！」

「你的手足只是手下敗將。」麥斯跟著唆使著雷霆。「結束這場戰役，證明你的強大！」

甜心想要衝向階梯卻被幸運阻擋。「沒有用的。她肯定會受到誘惑而做出殘酷的舉動。」

「我們該怎麼辦？」一旁的麥基聽到後焦急地問。

幸運望向舞台，荒野狗幫的其他成員逐漸聚集在他身邊聚集。「我們什麼也不必做，只要對她保持信心。相信她會做對的事。」幸運在心裡默默地向神靈之犬祈禱。**請衆神讓雷霆明辨是非，她是隻善良的狗，如果她向內心祈求答案，就會知道該怎麼做**。幸運希望他的祈禱能成眞。

此時，幸運幾乎看不見舞台上的雷霆——猛犬們將她團團包圍，光滑、漆黑的身軀遮蔽了他的視線。他突然瞥見雷霆顫抖著身體。過了一會兒，其中幾隻猛犬紛紛退後，雷霆推開他們逕自走出。

「你在做什麼？」刀鋒咆哮。「試煉結果尚未分曉！你必須爲了狗幫的榮譽，殺掉你的手足。」

雷霆輕蔑地轉身回望刀鋒。她滿臉鮮血、其中一隻腿受傷嚴重。但是她卻抬頭說：「你指的是哪一方狗幫的榮譽？我拒絕加入你的狗幫，並非所有猛犬都如此殘酷無情。荒野狗幫才是我的歸屬。我已經完成了憤怒的試煉——不會因此殺害自己的親手足。」

幸運的內心感到一陣驕傲。「她果然辦到了！」他喃喃地說。

雷霆跛著腿，穿過猛犬狗幫的成員，帶著無比的尊嚴步向台階。當她走到台階底部時，艾爾帕想要伺機撲向她，卻被幸運阻擋。「你眞令人作嘔！」他憤怒地朝狼犬發出咆哮。「你這個卑鄙的叛徒。狗幫的成員因爲你的死而爲你表示哀悼，以爲你命喪黃泉，可你卻背叛同伴！」

幸運發出怒吼的同時，猛犬狗幫的成員們一個個怔住不動。「無恥的野獸！就連現在你依舊輕視神靈之犬的律法！刀鋒承諾雷霆，如果她通過試煉就會毫髮無傷地放她走！」他的目光從狼犬身上，移到此刻站在舞台上怒視著他的猛犬狗幫領袖。

甜心站在幸運身邊，表情凝重地點頭。「如果你們當眞重視榮譽，就應該讓我們離開。」

刀鋒的目光掠過一絲陰影，她默默佇立好一會兒。最後，她抬頭說：「很好。你們請便，城市佬，帶著雷霆跟你們一起離開。遠離這裡，因爲終有一天，我的狗幫會再找上你們，到時，可別求我們大發慈悲。」

月亮與瑪莎上前協助雷霆步下階梯，支撐著她離開。荒野狗幫的成員們紛紛上前簇擁著她，舔著她的身體、佩服她的勇氣。

刀鋒站在舞台中央怒瞪著他們。猛犬狗幫的成員們則一臉木然。突然間，舞台中央傳來蹣跚的腳步聲。大牙緩緩走到舞台前方，站在舞台上怒視著被荒野狗幫的成員簇擁著的雷霆。

「我絕對不會原諒你對我這麼做！」他咆哮。

雷霆吃驚地回過頭去。「我饒了你一命！」她回應。

大牙憤怒地渾身顫抖。「你應該殺死我，我寧可以死換取你返回猛犬狗幫，而不是因爲你的軟弱和同情讓我苟活。」

幸運留意到刀鋒踩踏著前腿，一副失去耐性的模樣。**我們必須趁她改變心意之前，趕緊離開這裡**。他湊近雷霆的耳邊說，「別聽大牙的話，你向我們展現了無比的勇氣，雷霆，你已經回到了歸屬的狗幫。」

「我們替你感到驕傲。」甜心說，狗幫其他成員也附和著。

當大夥領著瘸腿的猛犬離開建築物時，幸運深知這一切再真實不過。雷霆再次向荒野狗幫的成員們證明她的忠誠。

第二十四章

太陽之犬跨過天空，發出微光的尾巴閃著紅色與金色光芒。月亮之犬已經從懸崖邊緣露出臉來，不耐煩地等候黑暗降臨。寬闊湖水的浪花不斷拍打著岩岸，水花噴濺成銀白色霧氣。幸運站在懸崖邊緣，目光越過湖水，望向腳底那個頹圮小鎮的不規則輪廓。他想像著猛犬們在殘破的街道上漫步，腦中閃過大牙惱怒的臉龐，耳邊不斷迴響著幼犬的話語。**你真該殺死我**。幸運渾身發顫地轉過身去，現在起，該擔心的是另一隻小猛犬。

大夥來到一處長滿青草，和零星散落著乾淨池水與樹木的地方，這裡是幸運當初率領救援小隊前往拯救費瑞，回程時從迷宮般的地道出來後的所在地。狗幫多數成員已經在池邊稍作休憩，幸運越過長長的雜草，加入大夥。瑪莎和懷恩則忙著幫雷霆清理傷口。池水表面結了一層霜，碰觸到冰冷池水的幼犬忍不住發出哀嚎。貝拉與麥基坐在近處，嗅聞著空氣，戒慎恐懼地抬著頭。其他成員則三三兩兩地躺臥在樹下，相互依偎取暖。

甜心優雅地穿過草地，來到雷霆身邊。「靠攏過來，荒野狗幫的所有成員。」她呼喊道。

大夥齊聚在岸邊，等候新任的艾爾帕發表談話。

快腿犬望向雷霆的眼睛。「面對猛犬的極盡挑釁，你仍展現出絕佳的克制力。刀鋒爲的就是要挑起你的忿怒，但是你比她強大多了——比猛犬狗幫的所有成員都強。」

雷霆的尾巴輕輕地擺了一下，低下滿是傷痕的頭。

幸運滿懷感激地望向甜心，她轉身繼續對眾狗們談話。「如果在場有任何一隻狗懷疑，雷霆是否應該歸屬於荒野狗幫，或是不相信她良善的本性，現在請便。」她願意接受任何挑戰的眼睛閃爍著，但是在場沒有任何一隻狗反對她的意見。幸運見到雷霆闔上眼。**也許她終於感受到被接納與安適的滿足**。

「雷霆當然可以留下來。」黛西小聲說道，「但是接下來我們該怎麼做？我們將何去何從？」她不安地轉身回望。「我們總不能待在這裡，是吧？」

「她說的對。」布魯諾表情嚴峻地點點頭。「我們全都聽見猛犬狗幫誓言毀滅我們，所以我們又得再度亡命天涯。」他搖搖頭，神色顯得更加蒼老與疲憊。

幸運嘆口氣。他一想到又得爲此逃命，內心不免跟著往下一沉。但是他們又有什麼法子可想？

「我們不能再逃了。」陽光倒臥在地發出嗚咽聲。「我們已經遠離家園，所屬的領地也都遭到破壞殆盡，先是遭遇大咆哮，然後遇上烏雲籠罩，現在又遭遇猛犬狗幫的夾殺。我們只想找到一處安身立命的營地，從此過著和平的生活。」

「艾爾帕知道這裡。」麥基一臉哀戚地喃喃地說，「他會對他的新狗幫透露我們的行蹤，他們一定會從這個地方開始找起。」

「那個叛徒！」懷恩突出雙眼說道，「他一直表現得像是我們的領袖，你跟那隻狼犬走得這麼近，」他口氣輕蔑地望向甜心。「我們要怎麼相信你？」

幸運倏地站起，不滿竟然有誰敢懷疑她的忠誠。「大夥都知道我對艾爾帕沒有好感！即使他受到狗幫成員青睞，甚至替他說話。」他將目光瞥向懷恩的方向，他的身子向後一縮。幸運態度堅定地抬起頭。「我從來沒有懷疑過甜心，也就是我們新任艾爾帕的忠誠，你也不該對她有所懷疑。」

「但是他們十分親近。」史奈普提出他的看法。

「這並不代表她會離開我們，投靠猛犬狗幫！」達特忿忿不平地說。

懷恩抓扒著地面。「你怎麼能這麼確定？」他不甘示弱地回應。

幸運驚覺，狗幫成員竟爲了這樣的問題而鬧意見，這讓他不禁寒毛直豎。

他們為何不跟我一樣信任她？

「肅靜！」甜心提高音量喊道，「我跟在場其他成員一樣對艾爾帕的背叛感到不可置信，相信我。我明白懷恩的擔憂。當然，如果在場任何一位懷疑我身爲領袖的資格，歡迎提出挑戰。」她的目光並未望向貝拉。「但是首先，你們必須知道一件事。」她的目光望向幸運。「這件事甚至將影響到狗幫的未來。」

幸運朝她眨眨眼，一臉困惑。

她用鼻子磨蹭他。「你的那些夢境。」

幸運突然渾身僵硬。霎時身處在紛飛大雪中，他的四肢僵住不動，空氣中傳來群狗激戰時發出的吠叫。他將自己抽回到現實，大夥莫不帶著好奇的目光打量著他。**甜心說得對，如果我的夢境當真提供了線索——預示了未來或預警，狗幫的成員有權知道夢境的內容。**

他清了清喉嚨，開始說，「我不斷做著怪異的夢境……關於一群風暴之犬。」

狗幫的成員們紛紛騷動。

「是神靈之犬間的恐怖戰爭嗎？追溯到黎明的年代嗎？」達特問。

月亮用力甩頭。「不，不是，是眞實發生的戰爭。據說會在末日時發生，天空將轉爲一片雪白、河水被鮮血染紅。我曾聽媽媽這樣告訴我！」

幸運倒抽一口氣，下顎脫力。月亮的描述簡直跟他的夢境如出一轍。**萬一媽媽說的是真的？大咆哮不過是場警告，風暴之犬將選在末日現身。**

栓鍊犬們困惑地面面相覷。似乎只有荒野狗幫的原成員聽過這類風暴之犬的傳說，卻沒有誰可以說出個所以然來。

「我確定這件事跟神靈之犬脫不了關係。」史奈普說。

雷霆抬頭。「眞奇怪……我的名字怎麼會出現在你的夢裡。」

幸運迅速瞥了她一眼，見到她渾身發顫。這隻幼犬經歷過這麼多的挑戰，他實在不想再打擊她。「我想你會選擇這個名字，不是沒有原因的。」他小心翼翼地解釋。「冥冥之中，讓你選了雷霆作爲你的名字。」

幼犬沒有回答，狗幫其他成員也陷入一片靜默。

幸運緩緩搖頭。「我見到狗幫彼此激戰，彷彿這世上每隻狗都前來加入這場駭人的戰役。我不知道這意味著什麼、何時會發生、**是否將會發生**。但這倒讓我明白一些事。」他舔了舔嘴唇、猶豫著，大聲說出這件事彷彿真會讓夢境成真，但是他無法再否認。「只要狗幫間沒有和平的一天，猛犬狗幫絕對不會輕易放過我們。我們終究必須停止逃避、堅定立場，與猛犬狗幫奮戰到最後並贏得勝利。」**只有在無法戰勝猛犬狗幫的情況下**，他內心暗自發想，**我們誰也別想在風暴之犬的環伺下倖存**。

「我們才剛剛結束跟猛犬狗幫的戰爭，至少雷霆切身參與其中。」黛西指出。「你怎麼知道猛犬狗幫不是出現在你夢裡的風暴之犬？雷霆戰勝了刀鋒，說不定現在一切都已經結束？」她滿懷希望地睜大眼。

「很抱歉。」幸運回應她的話，「我知道猛犬狗幫並非風暴之犬的化身，我能夠感覺到。而且夢裡的畫面……更加淒冷、大地一片雪白。我們身上的毛髮都結了一層霜、腳底龜裂。」他拖長了聲音說，太陽之犬在天空中映照著最後一道霞光，突然間有個粉末狀的東西落在他的鼻尖，它落下的速度比雨水還要緩慢。當它落到了草地上，立刻凝結成一個白色的結晶物。

天空降下了初雪。

幸運的內心突然感到一陣恐懼、他遲疑著。風暴之犬正在逼近……就快要抵達這裡了。

他感到頸部一陣溫熱，轉身望向甜心，她閃爍著光芒的雙眼望著幸運，他的內心霎時燃起了希望。至少，甜心陪在我身班。她身上的氣味停留在他的毛髮上，讓他能夠有勇氣繼續走下去。

「甜心說得對。如果風暴之犬眞的存在，而且正逼近我們，我們最好做足準備。」他對狗幫成員們說。「我們每個成員都已通過許多嚴峻考驗，學習如何在變動的世界中生存。不久，我們將再次奮戰，爲我們的生存而戰，或許這將是最後一場戰役。沒有任何一隻狗將獨自面對這一切，我們是荒野狗幫的成員；我們一定能夠生存下去！如果風暴之犬將朝我們而來，我們將群起迎戰。」

國家圖書館出版品預編目資料

狗勇士. 5, 絕處逢生 / 艾琳・杭特 (Erin Hunter) 作 ; 盧相如譯. -- 二版. -- 臺中市 : 晨星, 2020.05
面 ; 公分. -- (Survivors ; 5) (狗勇士首部曲 ; 5)
譯自 : Survivors #5: THE ENDLESS LAKE

ISBN 978-986-5529-02-4 (平裝)

874.59 109005146

狗勇士首部曲 5

絕處逢生 THE ENDLESS LAKE

作者	艾琳・杭特（Erin Hunter）
譯者	盧相如
責任編輯	郭玟君、呂曉婕
校對	郭芳吟、呂曉婕
封面插圖	萬伯
封面設計	鐘文君
創辦人	陳銘民
發行所	晨星出版有限公司
	行政院新聞局局版台業字第2500號
總經銷	知己圖書股份有限公司
地址	台北市106 辛亥路一段30 號9 樓
	TEL：02-23672044 / 23672047 FAX：02-23635741
	台中市407 工業30 路1 號
	TEL：04-23595819 FAX：04-23595493
E-mail	service@morningstar.com.tw
晨星網路書店	http://www.morningstar.com.tw
法律顧問	陳思成律師
承製	知己圖書股份有限公司 TEL：(04)23581803
初版	西元2015年05月31日
二版	西元2020年05月15日
郵政劃撥	15060393（知己圖書股份有限公司）
讀者服務專線	04-23595819#230
印刷	上好印刷股份有限公司

定價260元

（缺頁或破損的書，請寄回更換）

ISBN 978-986-5529-02-4

狗勇士

親愛的大小朋友：

感謝您購買晨星出版的書籍。即日起，凡填寫此回函並附上郵資55元（工本費）寄回晨星出版，就可以獲得精美好禮乙份！

打★號為必填項目

★購買的書是：狗勇士首部曲之五：絕處逢生

★姓名：＿＿＿＿＿＿ ★性別：□男 □女 ★生日：西元＿＿＿年＿＿月＿＿日

★電話：＿＿＿＿＿＿ ★e-mail：＿＿＿＿＿＿

★地址：□□□ ＿＿＿＿縣／市 ＿＿＿＿鄉／鎮／市／區

＿＿＿＿路／街＿＿段＿＿巷＿＿弄＿＿號＿＿樓／室

職業：□學生／就讀學校：＿＿＿＿ □老師／任教學校：＿＿＿＿

□服務 □製造 □科技 □軍公教 □金融 □傳播 □其他＿＿＿＿

怎麼知道這本書的呢？

□老師買的 □父母買的 □自己買的 □其他＿＿＿＿

希望晨星能出版哪些青少年書籍：（複選）

□奇幻冒險 □勵志故事 □幽默故事 □推理故事 □藝術人文

□中外經典名著 □自然科學與環境教育 □漫畫 □其他＿＿＿＿

你最喜歡哪隻狗勇士？為什麼？

填寫線上回函，立即獲得晨星網路書店 50 元購物金！

請黏貼
8 元郵票

407　台中市工業區30路1號

晨星出版有限公司

TEL：（04）23595820　FAX：（04）23550581

e-mail：service@morningstar.com.tw

http://www.morningstar.com.tw

請延虛線摺下裝訂，謝謝！

SURVIVORS 首部曲之 V

狗勇士 絕處逢生